絲山秋子
ITOYAMA AKIKO

在海上等你

沖で待つ

郭清華 譯

戀愛談何容易？

新井一二三

日本最重要的純文學獎芥川龍之介賞，二〇〇六年前半年的得主是三十九歲、身高一米七四、單身的女作家絲山秋子。若在上世紀，一定引人注目的種種屬性，在今天的媒體上卻很少有人提到。

比起新人作家的年齡、身高、婚姻狀態、性別，更受注目的是她特殊的經歷：自從早稻田大學政治經濟學系畢業以後，任職於洗手間設備的ＴＯＴＯ，在福岡、名古屋、高崎、大宮四個中小城市，總共有十年的推銷經驗。日本文壇給她掛的頭銜是「後均等法第一代女作家」。

日本女性開始跟男性平起平坐地工作才是二十年前的事情。一九八六年施行的男女雇傭均等法禁止了企業對員工的性差別；之前只能擔任助理業務的大學畢業女生，可以選擇的職業類別一下子增多了。

在東京出生長大的絲山秋子，從小喜歡看書也酷愛騎馬，長大以後著迷於汽車。報考大學時候，爲了「將來好找工作」而選擇經濟系。九〇年畢業後則到TOTO做事，最大原因是該公司對男女員工的待遇完全平等。她跟男新人一樣被派到地方城市去，每天自己開車上班，從早到晚工作應酬。當年的同事說，絲山「從不讓別人意識到她是個女性」。

她這樣的經歷，之前的日本女作家是沒有過的。雖然有個別的女性在公司裡待了一輩子，但是她們扮演的大多是祕書等整天留在辦公室裡幫助男上司的角色，女性色彩非常濃厚。那些早期的職業婦女，過了一定年齡而未婚，就自動被扣上「老處女」的帽子了。

其他在社會上做事的，除了醫生、藥劑師、教師等少數專業人士以外，只有吧女、舞女等風化產業的。在職場上不被稱爲「小姐」的日本女性，絲山著實屬於第一代。

然而，每天穿著西裝工作到昏迷，喝酒到大醉，跟男人只差一條領帶的生活，也不見得適合於年輕女性的生理。開始工作八年後，三十二歲的絲山忽然患上躁鬱症，難以控制自殺衝動。在住院治療期間，她開始寫小說，應募參加各項文學新人獎了。不久，作品得到行家的高評，叫她下決心正式辭職。

絲山接受訪問時說，小時候經常騎自行車到家附近的圖書館，一年裡看了五百本書，其中包括日本以及西方的小說，還有自然科學、社會科學的專書。果然，寫起文章，她的根基可不薄。最令人刮目相看的，則是她能活生生地寫出日本女性的新一種人生狀況。

從二〇〇三年獲得了文學界新人賞的第一部小說《只是說說而已》到芥川賞作品《在海上等你》，絲山作品的女主人翁，大多是三十多歲有專業的女性。她們要麼跟作者一樣患上躁鬱症而辭職（《只是說說而已》的前駐義大利特派員），或者還在公司裡做事（《在海上等你》），總之都有獨立工作和生活的能力與經驗。在私生活中，她們接觸過一些男人，但也覺得沒甚麼大不了的；未婚性愛不再被看爲不道德，因而不再刺激也不怎麼過癮。

《只是說說而已》的女主人翁顯然挺有魅力，身邊男人可不少。然而，她跟他們的關係全都沒轍。如今做地方政治家的老同學，雖然很帥但是性無能。好在有人滿足她性欲，乃通過網路主動認識的色情狂。兩人在互相同意的前提下從事的變態行爲保證給她帶來性高潮，可以說有種信賴感，但也從不發展到其他層面去，因此就連情人都稱不上。還有，中年無業自殺未遂的表哥；女主人翁叫他從九州飛來東京暫時同居。他們一貫很相好，也差一點就要發生性關係了，可是偏偏沒有浪漫的感覺。另外，跟她同病相憐的憂鬱症黑道分子也充滿人情味，眞夠朋友，卻如此而已。總的來說，女主人翁的男性知己、朋友都不少，達到性高潮亦易如反掌，然而談戀愛？越想越不可能。

《在海上等你》的女主人翁則跟同期入社的男同事「胖子」保持著好多年來的朋友關係。雖然對方早就成了家而自己仍爲單身，但是沒有戀愛色彩的純粹友情越走越深刻，直到當對方突然去世之際，要替他消滅電腦中的私人資料。曾經剛出社會時，一起受過種種磨練，兩人之情親如弟兄。

從前的人認眞爭論過「男女之間會不會有友情？」，現在看來可笑極了。友情當然會有，今天的問題倒是：男女之間有了友情以後，還能浪漫起來嗎？

我不由得想起山田詠美一九八五年發表的小說《做愛時的眼神》；書中的性愛描述曾轟動過全日本。日籍女歌手和美國黑人兵的關係從野獸般的性愛開始馬上波及到靈魂去。雖然顛倒了「從靈到肉」的保守程序，但是男女之間必然發生靈肉關係=激情戀愛的格局卻沒有動搖。僅僅二十年前，人類男女之間的距離還那麼遙遠，令人渴望全身全靈結合到底。

那果眞是兩性截然不同的社會地位所擔保的化學作用。猶如在兩個電極中間需要有一定的距離，放電現象才會發生一樣。山田賦予男主角很特殊的身分（美國／黑人／逃兵），用意不外是盡量拉開兩主角在社會上的距離。她熟知戀愛的火花只在互相陌生的兩人之間發生。所以，在她寫的日常報告裡，女作家跟男編輯或同行的密切來往一貫像一團小孩子或弟兄，根本沒有浪漫的色彩。

現在，日本、韓國、台灣、香港等東方國家地區都面對晚婚化、少子化。看了絲山秋子的小說，恐怕大家都會說：既然談戀愛都這麼不可能，自然更難結婚生孩子了。

若是二十年前，絲山那樣的女人在日本一定被罵爲「男人婆」或「女同性戀」，現在卻誰也不敢。因爲他們知道，人家會輕鬆反擊；說一句「性無能」就是了。有趣的是，在她一些作品裡，新世紀男性模型已開始出現。他們不圖引發女性激情，倒以低調姿態和充分的耐性來逐漸解凍母性本能。一個朋友告訴我：那種男性就叫做de-tox（除毒）系的。

這種男性最初受日本女性注目是二〇〇五年江國香織的小說

《間宮兄弟》拍成電影的時候。主角兩兄弟根本不是帥哥，卻讓女性覺得滿可愛，好比是狗貓一類安全無害的寵物，而完全不像野生動物。寫起這類男性，絲山秋子當然比江國香織更在行，因爲需要寵物療法的是極度勞累的職業女性。正如de-tox健康美容法企圖除掉身體裡多年來積累的毒素而慢慢恢復自然狀態之美，de-tox系男人有意無意地溶化女性的防衛心理，使她覺得放鬆自如安全溫暖，不知不覺地跟他親密起來，直到有一天再也不能自拔的地步。也許一看是不怎麼有吸引力的男性，然而久而久之，你會覺得不能沒有他，好比癮上了足底按摩以後很難戒一樣。他的賣點不是善於帶來高潮，倒是很善於叫你放心熟睡。而請問，工作太忙，疲倦過頭的職業女性，誰不需要熟睡呢？

目錄

contents

勤労感謝の日

我並不是因為想做什麼偉大的事情，所以想活得長久，
我只是不喜歡死，
更討厭比別人早死這種事。

勞　動　節

什麼是勞動節？對沒有工作的人來說，這一天和平常的日子沒有兩樣，仍然是平凡的一天。可是我很想說：我和一般的世間大眾一樣，應該也可以在這一天裡，獲得他人對我的感謝吧！這話可不是開玩笑的，因為我也是一個曾經長期工作，繳了很多稅金的人。雖然現在我失業了，正在接受失業保險的給付，但是，我能夠得到這種給付的原因，無非是我在有工作的時候，乖乖地繳納了不少保險金。可是，因為保險而得到的失業給付的金額不僅少得可憐，可以領錢的時間更是短得讓人嘆息。當然，在這樣的節日裡，我也應該感謝別人。第一個我要感謝的人，就是讓我和她住在一起的母親。當我有工作的時候，我每個月會給她五萬圓日幣──要維持一個單身者一個月吃、住的開銷，這點錢還是有點嫌少的──，現在不能像以前那樣給錢，老實說我的心裡是很著急的。還有，我只能再領取兩個月的失業給付金了，麻煩的是，我還不知道我未來的工作到底在哪裡。

下沼街的人行步道，其實是長谷川太太家從前的庭院。長谷川家的房子，原本是很普通的獨門獨院的建築物，但自從長谷川太太的兒子和媳婦把房子改建成便利商店後，長谷川家的庭院就消失了。不過，我覺得長谷川太太待在便利商店前的人行步道的時間，好像比待在擺著已逝的長谷川先生牌位的佛堂前長。她總是在那裡。我家的房子就在長谷川家房子的後面，就算不想注意長谷川太太的舉動，也辦不到。三個星期前的那一天也不例外。

沿著步道的防護欄有一排保麗龍盒子的盆栽。對長谷川太太那一代的人來說，身材算是高大的長谷川太太彎著腰，拿著已經有些歷史的白鐵皮澆水壺，把水澆在盆栽上。她一看到我，就放下澆水壺，笑瞇瞇地對我說：

「恭子，妳的身體怎麼樣了？」

明明每天都會見面的，還老是用這句話來打招呼。我的身體早就痊癒了呀！

「嗯。已經都好了。」

聽到我和平常一樣的回答，長谷川太太很滿意地輕輕撫摸著圍裙口袋的滾邊。我正想表達告辭之意時，長谷川太太卻拉住我的手說：

「對了，對了。妳來得正好，我正想到府上拜訪，和妳媽媽說些話。不過，妳先到我家裡坐一會兒吧！」

媽媽和長谷川太太是同樣失去丈夫的未亡人，她們最近常常往來，已經變成好朋友了。她們之間最大的不同之處就是：長谷川太太過著已經抱孫子的悠閒自在生活，而媽媽卻除了有一個失業、又不知道什麼時候才會結婚的女兒外，還持續著翻譯的工作。

因爲我只是要去書店逛逛而已，沒有什麼特別著急的事，所以就聽從長谷川太太說的，決定去她家坐坐。一樓是營業用的便利商店，所以我從屋外的樓梯上二樓。這裡的二樓，就是長谷川家的居家部分。我經過玄關，往佛堂的方向走去。

「這裡的感覺很好吧？」

經過廚房兼餐室時，一陣醬油加砂糖去滷煮食物的香味撲鼻而來。在長谷川太太送來紅茶之前，我的眼睛一直看著貼在料理台上的老式磁磚；那是10×10大小的黃色方形磁磚。

長谷川太太是我的救命恩人。這句話聽起來好像有點誇張，然而事實就是如此。兩個月前我騎腳踏車經過長谷川家前面的步道上時，被馬路上一輛無視暫停標誌的車子撞倒了。當時那輛車子的速度雖然不快，但是我正好要過馬路到對面的銀行，所以加快了腳踏車的速度。根據目擊者——長谷川太太的說法，當時我整個人飛到半空中，然後才墜落到馬路上。而那輛車子的駕駛，是一位才十九歲，開著她父親的奧迪A4車子的女孩。她看到被自己的車子撞到的人躺在地上流血時，嚇得只會呆呆地站著，並且不停地啜泣、流淚。當時叫救護車、報警、通知我的家人的人，都是長谷川太太。送醫之後的診斷結果是：我的肋骨裂了，眼睛周圍的皮肉也有必須縫合七針的撕裂傷口。雖然這樣的傷勢不算特別嚴重，但是確實地在一個還沒有嫁人的女性臉上，留下傷疤了。「美人受了傷之後仍然是美人」這樣自以爲是的話，雖然我說不出口；但我本來就長得不怎麼樣，有沒有受傷其實也不是那麼重要的事。不過，我雖然不是美人，也絕對不是醜女。總之，從那次的車禍後，長谷川太太就變成了我的救命恩人。

「這個，雖然是別人送的，但是非常好吃。」

長谷川太太拿出甜甜的千層糕對我說。她到底要和我說什麼事情呢？和工作有關的事情嗎？我一邊想著，一邊把牛奶加入紅茶裡，其間還偶爾瞥一眼佛堂內的模樣。不知道長谷川太太信奉的是什麼宗派，她的佛堂打掃得很乾淨，佛龕上還有一些細心的裝飾，看起來金光閃閃的。這麼豪華的佛龕，是利用她已經死去好幾年的丈夫的保險金打造出來的。不過，我已經不記得已逝的長谷川先生的長相了。

「恭子，妳已經三十六歲了吧？」長谷川太太說。

「嗯，是呀！怎麼了嗎？」

「妳不想結婚嗎？」

每個人都會這樣問我，但是，世事並非我想不想或我打什麼主意，就可以做決定的事。

「沒有。不過，這是緣分的問題吧！」

我沒有工作，也沒有情人，現在最想要的，是一份永遠穩定的工作。長谷川太太搓著雙手，提高一個音階地說：

「是緣分的問題沒錯！現在緣分來了唷！」

什麼！聽到她這麼說，我可嚇了一大跳，可是又不能聽到這樣的話題，就起身掉頭走人。

「有一個人還不錯呢！」

長谷川太太以再也沒有比這個更令人高興的表情說著。

「是一個孝順又優秀的人，在日本東商務會社工作，好像和妳差兩歲，聽說今年是三十八歲，而且還是妳大學的學長。」

原來是長谷川太太想當媒人婆了。她說的那個人，好像是她開便利商店的兒子的朋友。我壓抑住想問「那個人長得帥嗎」的衝動，問道：

「叫什麼名字？」

「叫野邊山清。」

野邊山嗎？如果我和那個人結婚的話，名字就會變成野邊山恭子吧？這個姓氏不好也不壞，和鳥飼這個姓氏一樣，我沒有什麼特別的感覺。不過，一想到結婚蛋糕上寫著kiyoshi & kyoko（譯注：用羅馬字母拼出來的清和恭子的日文發音）的模樣，不知道爲什麼就覺得心裡很不舒服。

「不會弄得很正式，氣氛很輕鬆，就像家庭聚會般。」長谷川太太興奮地說著。就像我發生車禍時，她很快地就安排妥當所有的救援事項一樣，這一次她也一樣很快就「喬」好我的相親事宜。十一月二十三日，這一天是勞動節，諸事皆宜的大好日子，一切都非常完美。

中午過後，大約是一點五十分左右吧！我和母親從家裡出發，到長谷川太太家打擾。我們兩家之間的距離其實還不到五十公尺，卻必須提著手提包，穿著粉紅色的套裝登門拜訪，這個樣子實在很奇怪。

今天沒有聞到醬油加砂糖去滷煮食物的氣味了。長谷川太太大展身手，她準備了烤牛肉、螃蟹沙拉、奶汁烤菜派等等料理，讓小小的佛堂裡飄散著多種食物的香味。她還準備了啤酒與威士忌水酒。我嘴裡雖然說著是否需要幫忙的客套話，其實心裡很明白自己根本插不上手。對平常只能吃到自己做的簡單食物的我來說，眼前的食物實在讓我非常心動。食物雖然讓我很愉快，但另一方面我也開始不安起來，我想到：等一下我必須跪坐嗎？沒聽說過相親的時候還會盤腿坐的女子。

且不管我到底想不想結婚，我還是希望等一下來的男人長得不錯。我的這種想法應該是人之常情吧！我從長谷川太太家的東邊窗戶，俯視馬路的情形。戶外梯的下面，站著一個穿著紫色燈心絨夾克，有一點胖，正在嚼口香糖的男子。我心裡想著：不是這傢伙吧？最好不是他。可是，我愈希望不是，那個人好像反而受到我的念力的影響似的，竟然登上了戶外梯，慢慢往上爬。那傢伙果然就是野邊山清。門鈴響了，三個女人一起走到玄關迎接客人。

野邊山氏進入玄關後，一邊脫鞋，一邊拿出高利貸的廣告面紙，把口香糖包成一團，然後把那塊柔軟的東西塞進長褲的口袋。那很危險耶！那個東西萬一黏在布料上，如果沒有乾冰，是拿不下來的！是很難清理的呀！可是，我幹嘛想這種無聊的事呢？周圍飄散著人工藍莓的香味。野邊山的襪子的顏色，是很奇怪的黃綠色。

他咕噥般地和我們打過招呼後，從好像在車站的垃圾桶裡撿來的，皺巴巴的京王百貨公司的紙袋子裡，拿出一盒紅葉饅頭點心，遞給了長谷川太太。礙於情面，我很形式化地和他打了一個招呼。他說「謝謝」，接著就像在對物品做估價般，從上到下地打量了我一回。最後他視線停在我的下半身，並且露出牙齦而笑。我覺得猴子笑的樣子都比他好看。

野邊山氏特意展示笑容的臉，像一個被一拳打到正中央的紅豆麵包。紅豆餡擠在一起而鼓起的部分，是水泡泡的眼睛和腫腫的紅嘴唇，兩邊的臉頰則是凹陷的。他的頭髮半長不短；可能有洗過了，但看起來卻髒髒的。不過，感情可以彌補缺陷，說不定基於禮貌性的交往之後，會發現這個人雖然長相不討喜，其實是一個還不錯的人。

可是，一開始的時候要談些什麼呢？我以前又沒有相親的經驗。要賭賭看嗎？如果他是一個變態，那不是很麻煩嗎？不敢說這種事很重要，但是我的腦子裡突然有一個聲音：「願意和這個人做嗎？」唔——，這實在是一個很難回答的問題。不過，從這位野邊山氏開口的第一句話，就可以知道他的腦子裡所想的事情，似乎和我沒有多大的差別。

「能請教妳的三圍是多少嗎？」

「88-66-92。」

野邊山氏聽到我的回答，又笑了。

怎麼搞的，我們到底是在談援交？還是在家畜市場談家畜的斤兩？我忍不住想：我是不是也該問問他的小弟弟的長度與直徑？不過，在媽媽和長谷川太太面前，這當然不是能夠提出來的問題。或許我應該節省時間，讓這次的相親早點結束。

可是，這位野邊山氏又說話了。一看到他要發話了，我就開始杞人憂天地有些不安。他的聲音相當特別，有種透明的感覺，像印度哲學家。

「妳目前在哪裡就業？」他問。

「我現在沒有工作。」

我明明白白地回答。我既不是小偷，也不是騙子，是目前大約三百六十萬失業日本人中的一個。

「我是一個很喜歡公司的人。」

這個世界上目前還有人會說「我喜歡什麼」這類的話嗎？我不知道。而且竟然還說「喜歡公司」。這個人的腦袋是不是有問題呢？

「公司團體的存在是一件很有意義的事。」媽媽說。長谷川太太也很認同地點點頭。

「有意義嗎？確實是吧！因爲日本的經濟，可以說是我所就職的那些大公司在支撐的。尤其是我們現在這個時代，如果沒有那些大公司的話，很多事情根本就無法進行。」

這是只有在經濟十分景氣時，目中無人的大財閥才會說的話吧？我覺得根本是不符合現在這個時代精神的發言，當然也不符合任何一個時代。我認爲在這個時代裡，如果工作的時候沒有帶著危機意識，恐怕會成爲公司的負擔吧！

「不是我自傲說大話。總之一句話，一流的企業就是一流的，它的組織力和公司內的人才，都不是一般中小企業可以比擬的。」

看來，一流企業的名片，就是他最好的裝飾品了。不過，我認爲那樣的名片和國王的新衣一樣，只會讓國王出糗。

接著，野邊山便開始談起自己的業務內容，並且自吹自擂地述說做爲一個商社職員有多麼了不起，他當然也不會忘記誇大自己的工作表現。我只能耐著性子聽。

「每次感覺到大生意來了的時候，我就會戰戰兢兢地自問：我能處理好這一樁嗎？那時的我總是全身充滿了幹勁。」

已經是這個年紀了，對待工作時當然要有謹慎的態度，這難道不是理所當然的事嗎？總之，不管他說什麼，我都覺得很無趣，所以我只好無聊地看著金光閃閃的佛壇。

「妳的興趣是什麼？」野邊山發問。

「談不上是什麼興趣。不過，我每天早上都要跑步；另外我也喜歡足球，我是東京足球會的球迷。野邊山先生你呢？」

「我的興趣當然就是工作。」

野邊山這麼說著，然後莫名其妙地嘿嘿嘿笑了起來。既然如此，那就不要來參加這個無聊的相親呀！應該一年三百六十五天，每天都像拉車的馬一樣忙著工作才對。

難得他的聲音還不難聽，可惜他不是利用美妙的聲音來求偶的鳥，而我又不想聽讚美企業的歌。

野邊山的吃相很不好看，吃東西的時候身體動來動去的，又不把東西吃乾淨，而且還沒有吃完眼前的東西，就又拿了新的小碟子去取別的食物。總之，看了就不舒服。最讓人不愉快的事情是：他竟然對我們讚不絕口的長谷川太太親手做的料理，連一句「好吃」的話也沒有。就算是食物不合口味，至少也可以說一句「還是家裡做的菜好」吧？如果對結婚這種事還抱著希望的話，應該要會說幾句這樣的場面話吧！看來這個人根本是結不了婚的。

「你會挑食嗎？有什麼東西是絕對不吃的嗎？」我姑且試著問一問。

「我完全不挑食，便利商店的便當我也ＯＫ。」

我覺得長谷川太太真可憐，竟然自己請來了這樣的客人。還有，她是怎麼想的，怎麼會介紹這樣的男人給我的呢？儘管她已經不是我這種年紀的女人了，可是畢竟也曾經有過我現在的年齡呀！介紹這種男人給我，我覺得她有點太過分了。

眼前還擺滿了盛著沒有吃完食物的小碟子，野邊山卻好像在說「我吃飽了」一樣，把牙籤從中折斷，然後剔著牙齒，再把用過的牙籤丟在菸灰缸裡。剔完牙後，他拿出不知從哪裡拿到，貼著酒店標誌的粉紅色廉價打火機，點燃了一支CASTER MILD的香菸。不知怎的，我覺得燃燒中的菸味裡，有著野邊山牙籤上的牙垢與剩餘食物氣味。我忍不住把臉別到另一個方向。

「是什麼原因讓你想要結婚呢？」媽媽問。

「因爲我即將有工作地點上的調動。我會被派駐到國外。」

那麼，帶南極二號（譯注：被派遣到南極的探索隊員裡沒有女性，爲了解決男性的性欲問題而開發出來的成人性玩偶型號）去就可以了呀！那種東西就是爲了這種需要而開發出來呀。

氣氛又沈默了。媽媽連忙給我使眼色，意思是要我找個好話題來打破沈默。可是我無動於衷。

「恭子，妳喜歡小孩嗎？」

「不喜歡。」

我一直覺得很奇怪，爲什麼喜歡小孩的女人，就被認爲是溫柔優雅的女性，而說自己並不喜歡小孩的女人，就被認爲是壞心眼的女人？大家都知道小孩子並不是什麼天使，因爲天使不是髒兮兮、會說謊、任性、愚蠢又麻煩的傢伙。而我呢？我小時候就是一個討人厭的小孩。小時候大人不是會給壓歲錢或從親戚那裡得到禮物嗎？拿到壓歲錢或禮物的那一瞬間，我總是會毫無意義地想：能夠讓這個大人感到沮喪的事情是什麼呢？把剛剛拿到的玩具丟到院子裡、弄壞它、丟到垃圾桶，我雖然從來沒有那樣做過，卻總有那樣的念頭。我討厭小孩，也討厭小孩時的自己。

從窗戶看出去，街道上的銀杏樹黃色的樹葉緩緩飄落著。今天長谷川太太沒有去照顧那些落葉，所以垃圾箱的蓋子上積滿了落葉。

「妳做什麼工作呢？」

「我沒有工作。」他沒有聽到我剛才說的話嗎？真想一字一句用力地告訴他「我・沒・有・工・作」。但是因長谷川太太正在看我，所以我並沒有那樣表現出我的不滿。

「她以前在關原電工工作，英語能力很好，是一個才女。」

長谷川太太很快地接口說道。對，對，我是會說英語的南極2號。虧她想出這樣的說詞。

「沒有工作的話，可以去公共職業安定所尋求幫助，不是嗎？女性也可以吧？」

「當然去過了。如果沒有去那裡登記過的話，就領不到失業補助金了。」

「噢──」

野邊山好像有點訝異，又好像有點輕蔑似的發出這樣的聲音。接著，他低聲地喃喃說：

「三十六歲嗎……」

沒錯，不折不扣的三十六歲，並不是很容易找到工作的年紀。

當我還是一個穩定的上班族時，我覺得公共職業安定所那種地方，一定會讓我很不舒服，基本上我認爲那是根本沒有必要存在的地方。所以此刻野邊山表現出來對公共職業安定所的看法，我也沒有批評的立場。

我住在世田谷，所以接受我申訴的公共職業安定所在澀谷。從丸井三叉路口走和巴爾可商城相反方向的路，就可以看到專賣各種雜貨物品的商店，澀谷區的公共職業安定所就在雜貨品店的後面。從前我沒有時間去逛那裡的雜貨品店，現在是沒有錢去逛雜貨品店。

公共職業安定所裡有一股難以形容的負面空氣。我第一次去那裡的時候，覺得好像看到了法國作家塞利納（Celine Louis-Ferdinand）小說《長夜漫漫的旅程》（Voyage au bout de la nuit）中，主人翁巴達繆醫生的事務所，這個醫生在戰爭時是志願參軍者。對我而言，公共職業安定所是一個莫名其妙的地方，一點個性也沒有的辦公室裡，貼著不知道該說是會讓人聯想到社會主義，還是會讓人聯想到自衛隊的海報，而海報上的文字無非是「勞動即美德」，或「歡迎想工作的人」之類的字眼。有名的奧斯威茲（Auschwitz）集中營（譯注：二次大戰時，納粹用來關波蘭的反動分子和政治犯的地方，是人類史上最大規模屠殺的發生地）的門上，就寫著「勞動讓人自由」這樣的字。我在澀谷的公共職業安定所裡，被安上01-01XXXX-06這個號碼，並且被歸類爲「沒有正當理由的自願辭職者」。事實上，我可以說我確實是那樣的。

爸爸死的時候，靈前守夜結束後，照例辦了宴請來參加葬禮者的餐會，我的上司在媽媽的邀請下，也參加了那個餐會。那位上司是我的直屬部長，他在席間對我的媽媽說了很多下流的話，甚至還說「夫人覺得寂寞的時候，隨時可以來找我」之類混帳話，並且還摸了我媽媽的下體——我就是從那個地方被生出的。我忍無可忍，在忘我的情況下撲向前扭住他。當我的神智恢復到比較正常的情況時，我發現我的左手揪著他的頭髮，右手上的酒瓶已經打到他的臉上。我感覺到酒瓶打到人身上時的震動感，也聽到自己口出暴言的聲音。我對他三不五時吃下屬豆腐——例如趁機摸我的屁股或胸部的事，平日裡能忍耐就盡量忍耐，但他竟然對媽媽做了那樣下流的行爲，而且還是在這樣的日子裡！眞是是可忍，孰不可忍。所以我再也忍不住，拿起酒瓶，憤憤地往窗框上敲，然後以那個破的酒瓶在部長的臉上猛K了兩、三下。當時如果不是我的堂姊把我抱住，讓我動彈不得的話，我根本無視於已經滿臉鮮血、好像負了重傷的部長的慘狀，還會繼續用瓶子毆打部長的臉。

這件事情在沒有請警察來協調的情況下，就結束了。但是，當喪假結束，我回到辦公室時，發現我桌子上的電話和電腦都不見了。沒辦法，我只好整個上午靜靜地坐在桌子前，下午便去總務處拿了離職申請的表格。所以說，我是「沒有正當理由的自願辭職者」。

就算把這樣的內情說給野邊山聽，他也一定無法理解，更何況這種事情並不適合隨便說給別人聽。總之，我總是小心翼翼地懷著避免受辱的心情，每個星期像做噩夢一樣地去一次澀谷的公共職業安定所。當然，如果我願意接受一些臨時派遣的工作的話，或許可以早點找到新的工作，不過，在還可以繼續領失業給付金的時候，我還是想抱著一舉就找到新工作的夢想。

野邊山再度以他那像印度哲學家般的聲音說道：

「恭子小姐，妳對前一陣子大家談論的敗犬論（譯注：日本二〇〇四年的流行語，「敗犬」意指年過三十以後，還沒有結婚也沒有小孩子的女性。這個流行語起源於二〇〇三年日本女作家酒井順子的暢銷書《敗犬的遠吠》），有何看法？」

這是我們最後的話題。他是眞的想討論那一本書嗎？

「我知道，按照那本書的說法，我就是一條沒人要的敗犬。」

「我不是這個意思。我的意思是敗犬若是有自覺的話，應該是可以原諒的。」

爲什麼我非在這裡聽這個無禮的傢伙大放厥詞不可呢？他到底是來幹什麼的？來嘲笑人的嗎？才第一次見面，就對著人家說什麼敗犬不敗犬的。他自己又是什麼東西？不過是躲在大企業的溫室裡，整天只知道摳鼻屎的傢伙！眞想對他這麼說，可是今天必須忍住。因爲自從靈前守夜的餐會那天以後，媽媽隨時都在擔心我會突然抓狂。放心吧！無論如何我都不會再和這個傢伙碰面了。

我看了一眼時鐘，才四點而已。

「我要出去了，你們慢慢聊吧！」

明明不是自己的家裡，我卻這麼說了。「恭子呀！」長谷川太太叫出我的名字，露出希望我不要走的表情。但是，我避開她的臉，直往門的方向走去。我踩過野邊山擺在玄關口的白色懶人鞋，穿上我自己的高跟鞋。

媽媽追到外面樓梯的樓梯口，問：

「妳要去哪裡？」

「會先去澀谷。」

「去找誰嗎？」

「還不知道要找誰。」

我覺得去哪裡都一樣。因爲，不管我去哪裡，媽媽的腦子都會把那個地方，和女兒揮舞著酒瓶的模樣，緊緊地綁在一起。

櫸木行道樹的樹葉已經紅了。櫸木的葉子在嫩葉的時候充滿了水分，看起來非常輕盈，但是變紅以後，就顯得塵埃味很重。

我踩著高跟鞋，咚咚咚地一走進商店街，就聽到聖誕歌聲。一般人雖然在十歲左右的時候，就知道這個世界上並沒有聖誕老公公，卻終其一生的每一年都在期待聖誕老公公的來臨。這就是所謂的夢想嗎？人生眞的還有做夢的時間嗎？聖誕老公公呀！如果你確實存在於這個世界之中，請你有空的時候也到職業安定所來走動走動，並且在失業者們已經破了洞的襪子裡，放進條件好的工作吧！

車站的對面有一個叫做上沼町的新興住宅區，這個住宅區好像很喜歡聖誕節似的，每一間房子的外牆上，都掛著閃閃爍爍的聖誕節燈飾。不知道是住在這裡的人沒有隨時關燈的習慣，還是我曾經在家電製品公司工作過，所以對這種用電的情況特別敏感。每到夏天的時候，電力公司總是那樣低姿態地拜託大家要節約用電，爲什麼還是有人不把節約用電當做一回事？每次我朝著車站的方向走去時，總會想到：應該在上沼町興建核能發電廠。還有，如果眞的喜歡這種用電的裝飾，那麼，把裝飾物裝飾在自己的家裡就好了呀，爲什麼一定要裝飾在房子的外牆上呢？在自己家裡的牆壁上掛些圓球類的東西，或掛上「失物招領」之類的牌子，不也很好嗎？我經常會想：從小學生名字的演變，就可以看出我們這個世代的社會愈來愈惡俗化了。這個社會已被我們這個世代搞垮了。

總之，每年一到了十一月，商店街的花形小燈泡裝飾，就會被拿出來布滿各個角落，擴音器也不斷播放著聖誕歌曲。只是，熱烈的聖誕氣氛仍然擋不住寒冷的天氣，冷風仍然颼颼地鑽進衣領。反正不管是有男朋友的時候，還是沒有男朋友時候，每年的耶誕節前後，我總是覺得很不愉快。我打開錢包，看看裡面後，就走到車站前的巴士站，打電話給上班時期的後輩水谷由香里。

「妳好。」

水谷很愉快地說著。

「妳現在有空嗎？」

「有呀！我剛剛看完一支片子。」

「出來吧！」

「好呀，好呀！要去哪裡？」

「澀谷。」

「好。鳥飼姐在澀谷的樣子，和在惠比壽的樣子不一樣。」

「哪裡不一樣了？」

「走路的樣子不一樣。我喜歡唷。」
「總之妳來就是了。」
「當然會去。」
她的聲音顯得很輕快，是不是剛喝了酒呢？
「不過，我今天的心情或許不太好哦！」
「沒有關係，我已經習慣鳥飼姐的脾氣了。」
水谷笑著說。平常我們也常用手機聊天，今天她好像眞的有空，所以我們就約在MARK CITY的招牌下碰面。
套裝內的袖子裡濕濕溼溼的，眞不該在套裝裡還穿著麻煩的襯衫，剛才應該回家換了線衫和牛仔褲再出來才對。不過，從長谷川太太的家裡跑出來時，一心只想趕快離開那個地方，根本沒有想到換衣服的問題。車身上印著日本國旗的巴士來了，車內濕熱人又多，我只能抓著皮質的公車吊環站著。車子搖搖晃晃地向前行駛，我不停地流汗，外套裡面的衣服濕濕地黏在身體上，眞的很不舒服。司機非常周到地透過麥克風提醒乘客「紅燈暫停，請各位稍待」，或「要下車請按鈴。如果沒有人要下車，本站不停」。我覺得與其要司機這樣一一提醒乘客，還不如把那份注意力放在油門或煞車器上比較好。說什麼「爲了避免危險，車子完全停好前，請不要離開座位」，那麼付了同樣的車票錢，卻沒有座位，一直站著的乘客，豈不是一直都處在危險的狀況當中嗎？因爲外在環境的關係，而讓巴士的速度慢了下來，這原本就是無可奈何的事情，但是，引擎一停止轉動，不知道爲什麼，我突然對同樣被塞在這個像鐵皮箱子一樣的巴士內其他乘客，產生非常不愉快的感覺。啊！這個不愉快的感覺其實不是來自巴士，我平常對巴士也沒有特別不滿的情緒。可是，我現在想立刻下車的感覺，和想立即脫掉身上的套裝外套的感覺一樣急迫。我想趕快看到個性明朗，能夠讓我產生依賴感的水谷。

下了巴士後，我在有著尿臊味的公共廁所重新化妝。因為手有些不穩的關係，口紅擦出了下唇的右邊，只好拿出紙巾，小心地把嘴唇輪廓外的口紅擦掉，然後對著鏡子，努力做出更自然、好看的表情。可是，怎麼樣都不好看。算了，反正待會兒要見的是水谷。

澀谷是個爛地方。聲音嘈雜、光源混亂、空氣骯髒，到處都是乳臭未乾的毛頭小子，以前不二家（譯注：日本有名的糖果、餅乾公司）的前面還經常飄散著燉肉的腐臭味；不過，最近已經不會有那個味道了。我一向不喜歡澀谷，尤其不喜歡聖誕節時的澀谷。今天因為一肚子的晦氣，不適合去什麼優雅、嫻靜的好地方，來這樣亂七八糟的地方，反而更貼近現在的心情。

一個搖擺不定的東西躍入視線裡，仔細看，是一對抱在一起的情侶中的女性，她正在晃動彎曲起來的膝蓋。在這樣喧囂的環境裡發情了嗎？只有發情期的動物才會這樣吧！

水谷嬌小的身軀出現在人群的那邊了。她速度很快地，一下子就穿過人群來到我的面前，還笑嘻嘻地說：「來晚了。」

「對不起。臨時邀妳出來。」

「沒什麼啦！鳥飼姐不是常說：就算只差一歲，前輩就是前輩嗎？只要是前輩的叫喚，不管什麼時候，要去哪裡，我也會飛去。」

「好啦，這個生意是妳的了。」

我一這麼說，水谷便咯咯咯地笑了。水谷很可愛，最可愛的地方就是屁股，其次是臉。

水谷說這附近有一家叫AIYAN BAR的酒吧，她認爲這個酒吧還不錯，所以我們就去了那裡。酒吧裡很吵鬧。一坐上酒吧內的小椅子，我就開口說：

「煩耶！我今天去相親了。」

「什麼？相親？對方是怎麼樣的人？」

「是一個笨蛋。」

「是嗎？我想看看對方的照片。」

說到相親，就會想看照片，這是女性對相親這個話題的第一個反應，不知男性會是什麼？

「沒有相片，因爲並不是非常正式的相親。」

「鳥飼姐，妳很重視外貌嗎？」

「我不會那樣。我覺得有些人雖然其貌不揚，但只要有著一張表情十分親切的臉，也會讓人很舒服。但是這次見面的那個傢伙，在看到他第一眼的時候，我就覺得那個傢伙的臉讓人很討厭。」

「那個人的個性怎麼樣？」

「他說他是『喜歡公司的人』。」

我不屑地說著。水谷很同情似的嘆了一口氣。

「為什麼突然跑去相親，想結婚了嗎？」

「我才不想結婚，婚姻太麻煩了。所以相親還沒有結束，我就跑掉了。」

水谷聽了，又咯咯咯地笑了，接著便說起我曾經在開會開到一半的時候，突然生氣地吼道：「不要開這種愚蠢的會了。」然後便掉頭就走的事。

「像退出國際聯盟的松岡洋右（譯注：日本二次大戰時期的外相）。很酷嘛！」

「那是什麼時代的事了呀！當時的投票結果是四十二比一吧？」（譯注：一九三三年當時的國際聯盟開會表決中國對東北的主權問題，全部四十三個國家中，有四十二個國家承認中國對中國東北的主權，認爲日本的佔領是不當的行爲，只有日本投票贊成自己的行動。表決後，松岡洋右登上主席臺發表聲明，表示日本方面不能接受會議的決議，後來便宣布退出國際聯盟。）

水谷喝了一口金東尼，又笑了。

「那次的會議以後，我對於自己到底還能不能在大企業裡工作這種事，覺得很迷惑，也變得很沒有信心。」

「一進去企業工作之後，那種迷惑就會消失的。」

水谷離開公司後，便到旅行社上班，做著和之前完全不同的工作。現在在當導遊，而且做得還不錯的樣子。

我們兩個人喝著酒，吃著點心和西式的涼拌小菜，聊著以前的朋友們的事情。

「結果，當時在總務部門工作的人，最後都一個個走掉了。」

「找到想做的工作再走的人就很幸福。像我這樣還不知道要做什麼事的人，就很可憐了。」

「那是因爲妳太挑工作的關係吧？」

「沒錯。每個人都有選擇職業的自由，不是嗎？失業的人只要有工作，就該謝天謝地的說法，我不贊成。」

當初在找工作的階段時，我的目標是最能夠平等對待總務部門的企業公司，所以當我知道我被心目中的那個公司錄取時，很高興地以爲找到可以互相滿足的工作了。可是，正式踏入公司後，我發現公司內其他部門的女性，都是舊帝大或早稻田、慶應大學的經濟或法學系畢業的女性，這一點讓我感到相當失望。雖說那時是泡沫經濟時期，工作機會相當多，但是女性找到好工作的機會，事實上並不是那麼多，得到心目中的公司的青睞，更是非常不容易的事情。即使是在那樣的時代，眞正容易找到工作的人，還是男性。不過，對現在才要離開學校找工作的學子來說，我們那個世代的人，是沒有資格述說找工作辛苦的一代。

進入公司，分發到工作單位之後，第一件要做的事情就是正式去拜訪直屬上司。當時上司對我說的話是：「請將女性的特質，好好地表現在工作上。」聽到那樣的話後，我終於明白到：原來自己是一隻自以爲不是狗的狗。雖然是在放任的環境之下長大的，但我仍然是一隻寵物犬。現在回想起來，當時的上司一定也爲了不知道要怎麼用一位要做總務工作的女性，而感到十分頭痛吧！

「說起來，我們也算得上是泡沫經濟下的副產品。」

「比水谷妳更年輕，現在才要三十歲的人，大概不知道泡沫經濟時期的情況是怎麼樣的吧！那應該是一個充滿愉快的回憶，但也是令人感嘆的時代。不過，我那時只知拚命工作，沒有什麼特別愉快的回憶。」

「工作確實很多，尤其上午特別忙。」

因爲不斷有新的商品要推出，而且一推出通常就會成爲市場上流通的熱門貨，所以調查物品、了解工廠的作業進度與物流的狀況，都是每天少不了的工作。通常光是做這些事情，就要忙到下午兩、三點。

「早點忙完工作的時候，下班以後還來得及坐最後一班電車去喝一杯。」

「是呀！有時候還會喝到天亮。」

「那個時候覺得很開心，也很喜歡工作，好像可以看到自己的未來是什麼樣子——辛苦地工作之後，成爲『第一位女性』的部長或分公司的店長。就是那個樣子。」

「女性的思考經常比較短淺，想得不夠遠，達到眼前的目標後，有時會茫然起來，不知道下一個目標在哪裡。」

這是事實。

「鳥飼姐，妳對工作也有過憧憬吧？」

「憧憬？」

「例如說希望可以像某個人一樣地工作，成爲像某個人一樣的人。當然，讓妳憧憬的對象並不一定是公司裡的人。」

「沒有。從來也沒有過。」

「我也沒有。這就是我們的不幸。我們在總務部門裡工作，但是，公司裡卻沒有人重視過總務部門。」

對於工作的憧憬，我們以前沒有，以後也不會有。因爲，我們的額頭上寫著「我和其他的女人不一樣」，那些字是怎麼洗也洗不掉的刺青。要改變二十二歲女性的想法，或許是辦得到的，但是一個三十五歲以上的女人，是很固執難纏的。不管有多麼豐富的經歷，當一個人的社會常識愈增長的時候，就愈知道經歷的用途其實並不大。因爲有些事情會讓「經歷」這種東西變得渺小，甚至不存在，例如「工作執照」這種東西。非常遺憾的，我除了語文的能力外，可以說什麼「工作執照」也沒有拿到，而英語好的女孩子，每年都會一大把一大把地從學校裡走出來。而且，我的英語能力從來沒有應用在公司的工作上。我每天都坐在直播電話的前面，聽到的盡是客人們對產品不滿的抱怨電話，他們說：剛買的器具壞掉了、東西的零件太貴了……。

不過，我覺得營業員出身的水谷身上，有著我所沒有的東西。就算她現在很努力地在做她的導遊工作，可是她和一般做總務工作的女性們一樣，身上都有一種無力的孤獨感。

「鳥飼姐，妳養過蠶嗎？」水谷說。

她的表情看起來有些悲哀。

「沒有養過。」

「哦？沒有養過呀！」

「因爲我家附近沒有桑樹。」

「是嗎？因爲小時候住在鄉下，小朋友們開始的時候會先養鳳蝶幼蟲，然後才會養蠶。」

「我倒是養過鳳蝶的幼蟲。」

我想說用木棍子去戳鳳蝶幼蟲時，幼蟲會伸出臭臭的觸角的事；但是水谷可沒有時間讓我說那些話。她很快地接著說：

「養鳳蝶幼蟲比較輕鬆，我隨時都可以放棄不養，但是蠶可不行了。剛孵化出來的蠶寶寶的樣子很難看，但是隨著一次又一次的脫皮，就變得愈來愈可愛了。牠們一口一口地吃著桑葉，漸漸長大，和蠕動著白白身體的模樣，眞的是可愛得不得了。」

「妳是蟲蟲公主嗎？」

「蠶不是會從嘴巴吐出細細的絲來作繭嗎？牠們吐絲的樣子非常動人，既纖細又漂亮，讓人看得癡迷。我甚至想到：如果能夠在那樣的繭裡睡覺，不知道有多好！」

水谷大概是第一次對別人說這種話吧！她的表情非常認眞。

「原來蠶這麼有意思。」

「不過，養蠶的過程也不完全是美好的，因爲打破美麗光滑的蠶繭，從繭裡出來的蛾，就讓人很不舒服。」

「蛾是蠶的成蟲。」

「沒錯，那毛絨絨的蛾，肨嘟嘟的，非常遲鈍地飛著的模樣，眞的很醜陋。實在無法相信那麼漂亮的蠶，爲什麼會變成那麼醜的蛾呢？牠不僅模樣難看，還會從繭裡出來時，在孕育自己長大的繭上面小便，糟蹋了美好的東西。」

「噢！」

「當時還是小孩子的我，因此了解了人生。」

水谷一臉嚴肅地說，我忍不住笑了出來。

「好討厭的人生呀！」

「我們的人生也是那樣的。現在的我們已經變成蠶蛾了。」

水谷嘆了一口氣，擦擦汗之後，便去廁所。但是她剛才說的話，讓我不禁聯想到她好像要在自己的繭上小便了，於是眼前的酒因此變得難喝起來。所以她從廁所回來後，我們改變了一個話題。

「妳記得要進公司時，最後一次面試的情形嗎？」

「哎呀，誰會記得。」

「我記得。當時有人問我：『妳的人生目標是什麼？』」

我一邊說，一邊突然想到：啊！剛才怎麼不問那個野邊山這個問題呢？

「哦？這樣呀！那鳥飼姐妳怎麼回答呢？」

「我回答我的人生目標是『長命百歲』。結果當天晚上我就接到已經被公司錄取的電話。」

「那時的人生目標，到現在也沒有改變嗎？」

「嗯，不管怎麼說，我都希望能夠長命百歲。」

我並不是因爲想做什麼偉大的事情，所以想活得長久，我只是不喜歡死，更討厭比別人早死這種事。就算我死的時候，我的朋友都因爲比我早死，而沒有人來參加我的喪禮，我也無所謂。不過，我想活得久一點，和我的朋友的死，是沒有關係的。

「奇怪的人生目標。」

「雖然沒有什麼特別的意義，我就是想活得長久一點，所以妳和妳的男人好好地繁衍子孫，活久一點吧！」

水谷聽了我的話，又咯咯地笑了，然後說：

「我明天要去箱根。」

「箱根？和男朋友去嗎？」

「嗯。他說他好不容易拿到假期，所以我就配合他的假期，安排休假。」

水谷有一位小她四歲的男朋友，他在「新宿塔」工作，身材瘦瘦的，長得很可愛，非常聽水谷的話。

「好幸福唷！」

「我們要在富士屋飯店吃午餐，然後洗溫泉、喝啤酒，在那裡住一個晚上。」

水谷一邊說，一邊呵呵地笑了。旅行是她的工作，但只有休假時的旅行，才能讓她享受到樂趣。

「妳呀！」我說：「這就是妳人生的頂點了。我想妳臨終前回顧自己的一生時，明天的箱根之旅，大概就是妳最快樂的事情。」

「喂，不過是一次箱根之旅，有那麼偉大嗎？妳饒了我吧！」

聽到水谷焦急的聲音，我的心情便好轉起來，於是決定放她一馬，不再嘲弄她。不管是要去箱根，還是要去日光，都儘管去吧！我的眼睛看著排列得亂七八糟的巴士站前的巴士，說：再喝一杯吧！

去箱根旅行和有男人陪伴，都是很不錯的事情。男人會處理自己的排泄物，不像狗一樣需要人去善後；而且，高興的時候隨時可以陪著做愛，嫌麻煩的時候，可以隨時和他分手。

我最近一次和異性親吻是什麼時候呢？和異性做愛是什麼時候呢？已經想不起來了。而事實上，一個親吻又能代表什麼呢？

不用解釋，也沒有什麼好解釋的。

回到家以後，一定會被媽媽狠狠地罵一頓吧？沒有考慮到別人的立場，就做了那麼魯莽的事情，以後該怎麼向長谷川太太道歉才好呢？確實對長谷川太太很抱歉，可是，長谷川太太雖然救了我，我的人生還是屬於我自己，並不屬於長谷川太太呀！

和水谷分手的時候，或許媽媽還戴著眼鏡，坐在桌子前面工作，所以還不是適合我回去的時間，而且我也不想坐著搖搖擺擺的巴士回家後，就一聲不響地鑽進冷冷的棉被裡，因此又去了附近的小酒館。小酒館的名字叫「喜三味」，名字有點像賣中華料理的餐廳，不過，我總不叫它「喜三味」，而叫它「下三味」。這家小酒館是我心情不好的時候，經常光顧的地方，而且，我去的時候，那裡經常一個客人也沒有，只有一個穿著圍裙、全身無精打采的老闆在店裡。那個戴著眼鏡的老闆總是用手支撐著憂鬱的臉，上半身大幅度地向前傾，眼睛盯著假日時自己釘在牆上的十四吋電視。他就是這樣做生意的。

老闆的視線從電視的螢幕上，移轉到我的身上，嫌麻煩似對我說了一聲：歡迎光臨。我就有氣無力地問他：

「有沒有什麼好新聞？」

「不可能有吧？要溫酒嗎？」

老闆的回答像收音機體操的時間一樣準確。這是我們打招呼的方式。如果哪一天這個方式突然不見了，我大概就不會再來這家店了。

這是一家用不著世故或虛僞的言詞來裝飾的店。水泥的地板上，沿著吧檯並排著幾張有點生鏽的黑色金屬凳子。凳子的座面是會讓人想起七〇年代，以粉紅或藍色的塑膠布包裹著的海綿坐墊，但是每一張凳子的坐墊都或多或少地有些破裂，露出裡面好像海帶柴魚煮湯的顏色的海綿。老闆粗魯地把溫好的酒，放在只以便宜的清漆漆過的木紋吧檯上。如果當時我用來敲部長頭的，不是玻璃瓶，而是保特瓶的話，或許我現在就不會這樣了吧！在找到下一個工作前，不能太浪費失業保險給付金，所以喝酒的時候總是淺酌就好，因此老闆便請我喝了一杯。我們面對面，隔著冷冷清清的吧枱，低聲說了「乾杯」。

「妳剛才去哪裡了嗎？穿得這麼漂亮。」

老闆冷冷地說。

「去相親了。來一客章魚丸。」

「哦？去相親了？」老闆蹲下去，一邊從營業用的冰箱裡拿出章魚，一邊說著。「為什麼突然想相親了？」

「不是我想。因爲介紹人對我有恩，我不好拒絕她，只好答應去。不過，對方是個看了就讓人討厭的傢伙。」

「那樣呀！」

「所以我半途就跑掉了。」

「啊！」

「原本我就不是一個思慮周詳的人。」

「不過，半途跑掉了總比和一個不喜歡的人結婚好。」

老闆裝了一盤切成小塊的章魚，擺在我面前的吧檯上；然後把沒放進我盤子內的章魚，放在另一個小碟子裡，自己享用。

「就是嘛！我今天可以說是逃過下地獄的關口了。可是，也因爲這樣，現在還不想回家，所以才來這裡。」

「人生總有不順遂的日子嘛！有時會在出門的時候踩到狗大

便、到別人店裡撞翻了人家的盆栽、在自家的門口跌倒，眼鏡還破掉了……。我最近就常遇到這種事。」

「踩到狗大便算是常有的事吧？」

我一邊說，一邊想像老闆踩到狗大便，穿著鞋子的腳在地面擦來擦去的模樣，忍不住笑了。已經有一陣子沒有在這個酒館裡笑了。

「也不知道是在哪裡踩到的。和我在一起的朋友一直說：怎麼這麼臭呀！搞了半天以後，才知道是我踩到狗大便了。」

我又叫了一壺溫過的酒。啊！夜深了。遠處的狗頻頻打呵欠，好幾個窗戶內的燈熄了，屋內的人闔上書本，洗澡用的熱水器發出低沈的轟轟聲。我是來這家店消費夜晚的，消費一個完全黑暗又安靜的夜晚。

「你的店還可以嗎？有客人嗎？」

「怎麼說呢？因爲我營業到天亮，所以附近經營酒館的人打烊了以後，會來我這裡坐坐。不過，我的客人也就是這些人而已。」

「生意不好你會擔心吧？」

「擔心有什麼用？又不是擔心之後生意就會好起來。反正只能盡力做，能做到什麼時候算到什麼時候了。眞的到了不行的時候，再另做打算吧！」

這句話說得滿有男子氣概的。回去的時候把他指甲垢帶回去吧！（譯注：日本語裡有「把指甲垢帶回家吃下」的俚語，意思是把特別聰明賢達的人的指甲垢帶回家，當藥吃下，就可以學得聰明賢達者的智慧。）可是，仔細看，老闆的指甲剪得很短，看不到指甲垢。老闆的動作雖粗魯，卻很乾淨。

「擁有自己的店是我的夢想，雖然辛苦，也認了。」

「再給我一壺溫酒。我去上廁所。」

我在刺鼻的芳香劑中脫了褲襪和內褲後，才發現月經來了。用衛生紙按著髒掉的內褲，衛生紙立刻因爲血的關係，變得像一張紙版畫。看著血跡的紙版畫，嘆了一口氣後，我從只放了一塊衛生棉的小包包裡，拿出衛生棉，墊在已經髒了的內褲上。都說女人的月經是神賜的禮物，但是，月經來的時候總是讓我不舒服，只會讓我覺得當女人是很討厭的事。不過，即使沒有月經也一樣，因爲我覺得當女人很討厭的想法，已經出現過不下數百次了。

爲了忘掉骯髒的內褲，我一再喝著溫酒，然後帶著醺醺然的心情，毫無意義地來回看著小酒館的裡面。

繩子做的暖簾的另外一邊，是安靜的街道。暖簾外的世界幾乎連計程車也很少經過。長谷川太太已經躺下來了吧？每個小孩也都沈睡在母親的懷抱裡了吧？媽媽也帶著對我不滿的情緒，進入夢鄉了吧？不過，明天必定會有一番爭執的。我希望我也能像老闆那樣，「眞的到了不行的時候，再另做打算。」

該回去了。我說著站了起來，卻覺得腳下浮浮的。

「心情好多了。萬一你今天沒有開店，眞不知道我該怎麼辦。」

這雖然是客套話，但也是我的由衷之言。突然，我又想起勞動節這個日子。不過，日子已經過去一天，今天已經是二十四日了。

「明天或許會下雪唷！」

老闆一邊說著，一邊從吧檯裡走出來。雖然我沒有拜託他，他還是幫我打開那扇做工不算精緻，並且已經有些褪色的銀色框格門。

沖で待つ

在　海上等你

「不要喜歡上我呀！」

「笨蛋！誰會喜歡你。」

車子經過小太住的地方時，他穿上一直放在車上，平常去工地的時候才穿的夾克，還頻頻發抖。

「不好意思，麻煩妳了。」小太一邊發抖一邊說。

「喜歡你也沒有用。」

聽到我這麼說後，小太的嘴角露出笑意……

「眞是！一直打嗝，怎麼就停不下來。」

牧原太穿著襪子，直直地站在玄關，一臉沒有出息地這樣說。認眞想起來，這種不知如何是好，很困惑般的表情，確實很適合他。

事前我並沒有想過要去五反田。對住在埼玉市的我來說，那裡不是我平常出沒的地方。可是，前一個晚上因爲去目黑，參加朋友幫我舉辦的送別會，今天早上便和朋友一起從她的家裡出來，她去上班，我回住處。但是來到車站，和要去搭地下鐵的她說了再見，我獨自一個人站在山手線的月台上時，突然想到五反田不就在隔壁站而已嗎？因爲工作地點調動的關係，我下個月初就要去濱松了，所以，如果錯過了今天，或許今後就再也不會去五反田了。我突然想在最後的這個時候，再去看小太的房間一眼。於是，原本要在那個車站搭乘從惠比壽來的埼京線電車回家的我，臨時決定搭乘相反方向，往品川、東京的電車。

出了五反田車站，就是車聲隆隆的國道。沿著一點也不像東京街道的國道走了一會兒，轉進便利商店前面的巷子，就可以看到「日光五反田」了。因爲想到那裡或許現在已經住了別人了，所以就抬頭看了看那座東向的住宅大樓。位於二樓的原本的小太房間的窗戶上，窗簾並沒有放下來。還有，這麼冷的天，窗戶卻是開著的。現在才早上七點半，房屋仲介公司的人或清潔公司的人，不可能在這麼早的時間進去呀！可是我卻覺得我好像看到一縷香菸的煙，從窗戶裡飄了出來。我什麼也不想地爬上樓梯，輕輕地敲了房門，門應聲就開了。房間裡面沒有桌子也沒有床，幾乎什麼也沒有。

「小太！」

我好像在對小孩子說話般，輕聲地說著：

「你怎麼會在這裡呢？」

「我、不知道。」

我沒有害怕的感覺。

「你在抽菸嗎？」

「嗯。以前、撿、到的。就抽抽看、香菸是什麼味道。」

「肚子呢？不餓嗎？」

「啊，肚子不餓。」

以前在福岡的營業所工作時，我們的桌子相連在一起，加班的時候經常這樣對談。此時的對話，實在太像我們以前聊天時的片段了，所以我的心裡有著不知道怎麼說才好的感覺。

別問我為什麼會這樣，因為小太在三個月以前就死了。

＊　＊　＊

「名字表示身體」。在我所認識的人裡，小太是最適合詮釋這句話的人。平常我們說名字叫「優」的人很可怕，名字叫「和人」的人很喜歡吵鬧，小太的父母當初為小太命名時，一定已經料想到兒子日後的模樣了吧！（譯注：日文漢字裡，「太」有粗、胖的意思。）

我們剛剛進入公司的時候，小太還只是稍微有點胖而已。進公司的正式典禮之後，他自己跑來問我：「妳是也被分派到福岡的及川小姐嗎？」然後便自我介紹是「牧原太」。我至今還記得當時的大致情形。

來自山梨縣的我，和來自茨城縣的小太，都在東京讀大學，然後同時進入製造住宅設備器具的公司就業。我雖然老早就知道這家公司在全國都設有據點，卻從來沒有想過自己會被分派到九州。和我同期進入公司的總務部門其他女性，不是被分派在東京，不然就是去大阪，所以人事部門通知我將來報到的地點後，在接受公司營業研修和工廠實習的那三個星期裡，我簡直憂鬱到不行，到了晚上的時候，甚至還要借酒澆愁。那時我不斷地想著：在陌生的土地裡，我會遭受何種可怕的命運呢？因爲公司主要對手的根據地就在福岡，那裡又是個男尊女卑的地方。大男人主義的九州男人，一定很會欺壓女性吧？我自以爲是地亂想著。

不過，到了福岡以後，發現那裡的街道明亮又乾淨，讓我感到有些訝異。福岡營業所前面的大博路又直又寬，是一條連東京都沒有的漂亮大馬路。房子旁邊的國道兩旁，栽種了成排、漂亮的櫸木路樹。

到福岡營業所的第一天，和營業所內的人打過招呼，看過並列在倉庫裡的許多目錄和樣品後，我才開始計算從總公司到福岡營業所的旅程費用。接著所長便叫我去買公事包和福岡的道路地圖，於是我就搭乘地下鐵，從營業所去天神商場買東西，再從天神商場回到營業所。

「及川小姐，妳覺得怎麼樣？」

從天神商場回公司的途中，小太在地下鐵中問我。

「什麼？」

「這個城市呀！這裡和妳想的不一樣吧？」

「嗯。原本我以為這裡是一個殺氣很重，競爭非常激烈的地方。」

「是嘛！我也覺得這裡的氣氛並沒有很緊張。」

「九大的石川曾經說過這裡是好地方。這句話或許是眞的。」

「我們不喜歡九州的事，之前好像被宣傳得大家都知道了。現在怎麼辦？不要讓別的同期生知道我們現在的感覺吧。」

「嗯，好像突然喜歡起九州了。」

那天下午六點以後，公司內的前輩們都還在辦公室裡加班，我們因爲是新進人員，不知道可以做什麼事，雖然想抽一支菸，卻害怕被說是傲慢，所以只能待在位子上，看著公司厚厚的綜合目錄。當時由於我們還沒有自己的桌子，所以是共用同一張桌子看目錄。目錄上的每件衛生陶瓷器材或每個浴缸的編號都很長，要完整地記下來，根本是不可能的事情。基本上，要分清楚每一件商品，就不是一件容易的事了。比我們早一年進公司的副島兄走到我們前面，對我們說：你們先回去吧！可是，公司的前輩們都還在工作，新進人員的我們卻這樣就下班了，總覺得心裡怪怪的。

「你要直接回去住處了嗎？」

在電梯裡的時候，我這麼問小太。小太說：

「剛才去天神商場的時候，我發現一家好像還不錯的店。」

「賣什麼的？」

「好像什麼都有。也有魚。」

雖然小太和我對新環境仍然感到忐忑不安，但也對自己能平安地度過當社會人的第一天而感到自豪。我們既覺得不安，又覺得自豪，兩種情緒混在一起的結果，讓我們的心情變得很奇怪。不過，我們還是帶著那種奇怪的心情，一起去喝啤酒，並且談論著公司幫我們租借的單人套房的房間，也談到黃金周末要返鄉省親的事情。

到福岡報到之後的半年內，我接受副島兄的指導，小太接受另一個前輩山崎兄的指導，過著每天忙於去拜訪特約商店、設計師事務所，或去有糾紛的施工現場了解情形和排解問題的生活。我們的業務內容包括和客人討論如何把浴缸搬入室內？天花板有沒有必要做樑型加工？系統廚房會不會擋到窗戶或框架等等的問題。也經常要面對客戶抱怨瓦斯熱水器壞了、浴缸有裂痕之類的事情。那時晚上的時候，總是一有時間，就跑去請前輩們教我們商品的相關知識，學習如何看建築圖面、商品的工程用圖面。在福岡學到的東西，和在總公司接受新人研修時的完全不一樣。經常有人用強調的語氣對我們說：「不注意這裡的話，會引起糾紛的。」剛到福岡不久的我們，老實說那時並不是很清楚「糾紛」是什麼。

小太從大學時代就開始開車了，所以駕駛營業車的工作很順當地就落在他的頭上。我雖然也有駕駛執照，卻很少上路開車。後來我才聽說副島兄在坐我的車時，曾經有過很恐怖的感覺。漸漸習慣工作之後，有一次因爲送目錄去設計師事務所，我必須自己一個人開車去，結果卻在路上迷路，不知不覺地車子便開到了中洲一帶。當我發現自己的車子陷入四周都是賓士車的馬路上時，我非常害怕。那種害怕的感覺至今還忘不了。（譯注：日本的大流氓多用賓士車，所以看到賓士車時，會覺得好像看到了大流氓。）

大家都說福岡有很多美食，確實如此。我沒有吃過福岡人的家庭料理，所以不知家庭料理如何，但是外面賣的食物不管是魚貝類，還是涮雞肉鍋、什錦鍋、串燒雞肉店的五花肉卷，還是樣子比東京還要小，吃起來脆脆的餃子，都非常好吃。我們還年輕，所以假日的時候喜歡去海邊做日光浴、烤肉，有時也會去釣魚。平日上班時間的午飯，最喜歡吃的就是拉麵和芥菜飯。小太總是一碗不夠還要再來一碗，所以身材就日漸寬廣起來，體重也漸漸變成我的兩倍。那時山崎兄他們已經不再喊他「牧原」，而叫他「小太」了。不僅公司裡的人這樣叫他，連公司外面的人，他所負責的特約店的人，打電話來找他時，都是說：「小太在嗎？」

「以前我很瘦時，曾經是穿著黑色的西服，在舞廳、酒廊裡打工的服務生。」

當小太這麼說的時候，事務處和展覽室的女同事們都不相信地笑了。我也忍不住想道：有像布袋一樣大的黑色西服嗎？

然而，對設備商品無所不知的事務課的井口珠惠小姐，竟然看上了這樣的小太。井口最厲害的地方就是：凡是課長或維修人員有不明白的地方，只要開口問她，就可以得到滿意的答案。井口雖然不在工廠裡工作，卻能回答他們的問題，她對以前的商品，或發生過的商品糾紛事件，都一清二楚，好像想都不必想，就可以回答任何問題似的。這麼優秀的井口，讓我感到很害怕。不過，小太和她的交往是祕密進行的，在他們訂婚之前，誰也不知道他們的關係。所以，知道他們要結婚時，我眞的嚇了一大跳。老實說，我實在沒有辦法想像他們兩個人私下相處時，會說些什麼話。大概每個人都會覺得井口嫁給小太，太可惜了井口，因爲公司裡有不少更好的男人，不管是田代先生還是副島兄，都比小太強得多。

「我覺得他很有男子氣概。」井口說。

「他什麼地方有男子氣概呀！妳是從哪裡看出來？」

「一開始就看出來了。那時他還是新人，才剛進公司。」井口說。

「井口小姐，總之請不要拋棄他，否則他太可憐了。」

「妳管太多了吧！」

井口不假辭色地說。就是因爲被她這樣說過，所以當時我非常害怕她。

基本上我是一個很容易和人相處的人，但是公司裡卻有兩個地方讓我覺得很不自在。那兩個地方就是更衣室和茶水間。雖然事務課的女職員們對人都很和氣，可是，她們還是讓我覺得我是一個外人。

「所長不是那樣說了嗎？」當她們正以博多地方特有的方言，十分熱烈地討論著什麼事情時，一看到我進來了，就會立刻笑容滿面，換成標準的東京腔對我說：「辛苦了。」然後接著問：「已經習慣福岡了嗎？」連井口那樣有資歷的人，在她離職以前和我說話時所使用的語言，也都是標準多禮的東京腔。在山梨地方長大的我，當然不可能像其他人一樣使用流利的博多方言說話。所以我經常覺得在辦公室裡的時候，我的桌子就是一個島國，我住在那個島國上，每次去更衣室或茶水間的時候，感覺上就好像是旅行到了外國。

小太結婚以後，稱井口小姐為「珠惠」，這樣的稱呼比「老婆」來得自然多了。

小太結婚以後並沒有變得更像一個可以依靠的男人，倒是井口讓人覺得她因為婚姻而變溫柔了。不過，或許是因為我已經比較熟悉她了，所以不再覺得她很嚴厲。最初看到她在特約店裡不顧形象地和人吵架時，我以爲她是一個動不動就生氣的人，但是後來就知道了，她生氣的原因是因爲覺得事情不合理，凡是不合理的事情，就休想通過她那一關。了解她這個個性以後，我就變得敢和她開玩笑了。

婚後的小太愈來愈胖，以爲他做事也會愈來愈謹愼，沒有想到他仍然會在重要的時候疏忽了，讓別家公司搶走住宅公司的年度合約。可是經常遇事粗心大意的他，也是一個凡事愛操心的人，有時根本沒有什麼事，他也會窮擔心。不過，這樣的小太卻得到不少特約店的支持，對他的銷售額頗有幫助。小太能得到特約店支持的本事，就是哭喪著臉拜託特約店進貨，拗不過他哀求的特約店，只好把公司庫存的熱水器和水龍頭等金屬零件，搬回自家的倉庫裡。

至於小太推銷商品的絕技，並不是他的和藹可親態度，也不是他有什麼特別厲害的行銷技巧，而是他隨時都在流汗這件事。不管是特約店的店主，或是買東西的客戶，看到一個不斷在擦汗的業務員時，實在很難狠下心來拒絕他的要求。就算你是對商品非常不滿意，並且一肚子怒氣的客人，看到一個即使是寒冷的冬天，也揮汗如雨地一直道歉的業務員時，也會覺得無可奈何吧？我和副島兄就曾經對他的這一點感到上天的不公平，可是他卻反駁道：

「我流汗不是單純的生理現象，請正視我對客戶的誠意。」

小太很生氣似的反駁我們。

小太和井口結婚不久後，井口懷孕了。井口因爲懷孕要辭職的時候，幾乎每個人都說：

「辭職回家帶小孩的人應該是小太吧！」

「就讓那個傢伙生吧！他的肚子那麼大，一定可以生小孩。」

說這種亂七八糟話的人，是副島兄。

井口毫不留戀地辭職，離開了公司。不過，後來課長調動工作地點，或公司以前的前輩來福岡、公司內的同事舉辦歡送會或歡迎會的時候，她還是會挺著大肚子來參加。我們也一直沒有忘記她，每當有新來的人員，大家都會想到：如果井口小姐還在的話，一定會嚴格指導笨手笨腳的新人，讓新人早日熟悉自己的工作。

不久之後，井口順利地生下女兒，取名爲「瑠香」。小太很爲這個名字感到驕傲。

「長得像我，將來一定是一個大美人。」

小太好像是眞的這麼認爲的。可是，大家都希望這個女兒長大以後像井口才好。我則是想到：這個名字應該不會表現在小孩子的體型上吧！想到這裡，我忍不住鬆了一口氣。

習慣了福岡的生活後，竟然漸漸地覺得和學生時代的朋友沒有什麼話可說的。和他們通電話的時候，心裡總會有「你們就只知道東京」，或「你們是不會了解現場情況」的想法，我覺得我好像把自己侷限起來了。學生時代能夠一起談得那麼開心的事，到底是什麼事呢？現在是不管怎麼想，也想不起來了。世界變得很狹小，能夠和自己沒有隔閡地說話的人，似乎只有和公司有關的人。

我和小太從沒有吵過架。雖然我們在工作上各有各的處理方式，卻仍然很合得來。我有時會比較嚴厲，但是，我的嚴厲對小太而言，好像一點效用也沒有，他仍然是我行我素，不理會別人的勸告。

我是一個憑感覺工作的人。不知道爲什麼，我就是知道每個七千萬到八千萬日圓的銷售案子中，在現場的那一部分所發生的糾紛，大約會減損五十萬到一百萬日圓左右收益。我的感覺基本上都很正確。因爲儘管已經很小心地不要在訂貨時出差錯，並且注意交貨後的管理，也時常在工程期間到設計師事務所與建築現場做了解，可是最後仍然會發生物流時出了差錯，或送錯了貨品，或客戶抱怨商品的顏色和目錄上的不同之類的情況。

小太的情況和我不一樣，他對現場可能發生的糾紛一點警覺性也沒有，就算我事先警告他，要他注意現場的氣氛，他也仍然無動於衷，優哉游哉地不把我的話放在心上。最後事實證明我說的沒錯，果然發生了客戶覺得商品破損或設計錯誤的糾紛。與客戶發生糾紛的我們當然有錯，但是，在發生糾紛時追究到底是誰的錯，對解決問題本身一點幫助也沒有，重要的是：了解接下來現場裡還會發生什麼樣的事情。因爲原本應該按照圖面做出來的直角或垂直線，可能因爲之前的錯誤而不存在了。

客戶的抱怨或索賠如果只有一次，那也就算了，可是同樣的現場一再發生糾紛的話，那就讓人受不了了。例如特別訂做的吧檯在第二次安裝時，如果仍然與現場的柱子不合，那我就會對著桌子嘆氣了。副島兄每次看到我在嘆氣，就會邊抽著香菸，邊走過來對我說：

「及川，絕對沒有無法收拾的現場。」

如果沒有他說的那些鼓勵的話，或許我早就逃離這個工作了。

小太遇到的最難處理的現場，並不是什麼大型物件的買賣或裝修什麼大人物宅邸。天神商場附近有一棟住商混合大樓的房子要改裝，小太負責那個現場，要叫的貨包括編號BBT-14802C的貼牆低水箱，與編號4AC-9型的日式便器組成的馬桶組。那時正值年底，各地對貨品的需求大都集中在那個時候，因此臨時想要多訂一組馬桶，都不是容易的事。在福岡營業所的辦公室裡，我和他的桌子是面對面的，所以我能看到他頻頻打電話，交涉訂貨的情形，也知道他面臨了十分頭痛的問題。那時的情況是：就算勉強調到貨，但是送到現場的東西很有可能是瑕疵品；到時如果還要退貨、重新訂貨，那就更加麻煩了。小太走到正在加班的我的旁邊說：

「及川呀，我的麻煩大了。能和妳聊一聊嗎？」

他嘆著氣說。最初爲了在時間上來得及，小太好像也曾經想過或許可以使用庫存的不同貨品來替代，但是西式的座式馬桶或小便斗裝配，無論如何都和日式的蹲式馬桶不一樣，根本無法替代。所以到了時間緊迫，再也不能等待的時候，小太便在聽說有貨品到機場的那天，直接衝到機場去拿貨品。因爲機場的周圍不能停車，他把車子停在天神商場的地下停車場，然後一個人拎著日式的馬桶，跑過全福岡最熱鬧的繁華街道。

「那時候路上的每個人都在看我。」

我們坐在路邊的小吃攤，小太一邊戳著關東煮吃，一邊對我說。結果，好不容易拿到，並且已經裝配好的水箱與馬桶，卻在第二天的時候就出狀況，洗淨管漏水，水箱還發生結霧的情形，因此被客戶狠狠地罵了一場。更慘的是這個現場在兩個星期以後，那個家裡的老人家因爲蹲的位置和廁所的地板線（我們都稱爲ＬＦ）的落差的關係，發生了往後翻倒的受傷事件。這樣的事情原本和我們賣出去的商品沒有關係，卻因爲是曾經有過糾紛或爭執的現場，所以也被認爲是商品不良而造成的。最後，小太只好提著點心禮盒，去探望受傷的老人家和道歉。

泡沫經濟時代的新建築物件很多，幾乎每天都有訂單上門，努力地處理客戶的抱怨與不滿，就是我們最主要的工作。經手的現場愈多，要面對的抱怨也相對地多起來，算錯發票的情況和收款的問題也增加了。塡寫現場的報價單雖然花時間，卻並不辛苦；在上班的時間裡所做的事中，最辛苦的事就是處理算錯的發票，這種事不僅麻煩，還讓人心情沈重，好不容易處理好以後，經常已經是半夜三、四點了。那種時間坐計程車回家的途中，經常會看見路邊的小吃攤已經收攤了，或正在收攤準備回家。那樣的畫面讓我的心情很複雜。雖然是在同一個時間結束工作，準備回家，但是小吃攤是傍晚的時候才開始營業的，爲什麼我卻必須從早工作到半夜，做了二十個小時，才能回家呢？我打從心底討厭這種感覺。

一段時間之後，營業所引進了電腦系統。我把從系統捕捉到的畫面利用ＣＡＤ畫了出來，但是剛剛開發出來的ＯＳ卻重複發生系統故障的問題，讓我花了好幾小時才做出來的畫面，一下子就全不見了。

當我還在因爲系統故障，必須重做第二天早上要送出去的圖面資料時，小太已經做完自己的工作，優閒地在辦公室裡走來走去。

「沒有事情做就趕快回去。」

「我在這裡妨礙到妳了嗎？」

「妨礙是沒有，只是很礙眼。」

「反正我又不會做什麼壞事。」

等我完成了圖面後，小太就和我在會議室裡，一起喝著他藏在口袋裡，夾帶進公司，放在辦公室冰箱裡的啤酒。完成工作以後通常肚子都餓了，但那個時候外面的居酒屋經常已經打烊了，所以只好在公司裡喝。喝酒的時候一定會聊天，但是我們不會聊工作上的事。我告訴他家裡米箱裡的米長米蟲了，他便告訴我可以在廚房的櫥櫃裡放辣椒。小太是祖母帶大的小孩，所以知道很多這種生活上的小常識。

從很久以前小太就想要一艘兩人坐的海洋獨木舟，他說想拿這次的工作獎金去買。我問他：那樣的獨木舟可以用車子載嗎？他回答：選擇尺寸剛好的，就可以了。我們之間談的，都是這些無聊的事情。

副島兄調動到埼玉營業所時，正好是泡沫經濟崩潰的時候，我們的工作性質也在那個時候有了相當大的轉變。住宅施工的數量銳減，我們不再負責與特約店交涉的工作，而是必須去開拓新的建設工程公司或設計裝潢工作室。此外，我們還要注意以前忙到根本沒有時間理會的對手公司，觀察對手的動向，搶奪為數不多的現場。泡沫經濟的時候，心裡老是想著；如果不景氣的話，就有閒暇可以輕鬆一下了。可是，不景氣的時候眞的來了以後，公司管理營業人員出去拜訪客戶的次數變嚴格了，因此我們的工作量完全沒有因為不景氣而減少，而且每次開會一定會聽到「一定要達到銷售目標」這樣的字眼。在開拓新客戶的這個工作上，最初我們的成績根本就是零，但是，我們也因此明白什麼叫做「營業」。

如果是特約店的客戶，遇到我們有臨時狀況的時候，他們能夠理解我們的困難，經常可以稍微通融一下。但是面對新開發來的建設工程公司時，稍有閃失，合作的機會可能就變成僅此一次，因此絕對大意不得。小太就有一次因爲流行性感冒，已經發燒到四十度了，還是勉強自己到離公司七十公里的伊萬里的現場，去了解工程的情況。那次是我開車載他去的。雖然我一直叫他回去休息，並且要幫他取消去那個工地現場的約定，可是他不讓我取消，在公司的醫護室裡打過點滴後，就說自己已經沒事了，執意要去那個工地現場。坐在副駕駛座上時，他像平常一樣地開著玩笑說：

「不要喜歡上我呀！」

「笨蛋！誰會喜歡你。」

車子經過小太住的地方時，他穿上一直放在車上，平常去工地的時候才穿的夾克，還頻頻發抖。

「不好意思，麻煩妳了。」小太一邊發抖一邊說。

「喜歡你也沒有用。」

聽到我這麼說後，小太的嘴角露出笑意。

「到了現場以後可別太賣力，因爲你現在還是應該躺著好好休息的時候。」

如果是工作上的事情，我什麼事都可以幫他的忙。

同期進公司的夥伴，不就應該如此嗎？

副島兄調動正好一年後，我接到也被調動到埼玉營業所的派令。於是我打公司的內線電話給副島兄，他在電話那頭嘿嘿嘿地笑著說：

「我會把我所有難搞的客戶都轉給妳的。」

要離開福岡了，我還眞覺得有點依依不捨。要來之前，覺得這裡是一個男尊女卑的城市，來了之後才發現這裡的客戶都很重視耐性和毅力，只要是有毅力，不管是女人還是什麼人，都會得到相當的認同。我對建築一竅不通，無法分辨正確的建築用語與福岡的地方方言時，有時雖然會遭受到客戶的責備，但是大部分的客戶還是耐著性子，讓我了解自己的錯誤，改正過來。眞正讓我在工作上有成長的人，其實並不是比我早進公司的前輩，而是我在工作現場中接觸到的許多人；因爲眞正的事實只存在於現場。

話說回來，因爲這是進公司以後的第一次調動，所以我很忐忑不安。小太在我離開福岡前的最後一天，一直悶不吭聲地嘟著嘴不說話。不過，我要離開福岡的那一天，他還是和井口一起送我到機場。

「只有我沒有被調動。」

小太鬧彆扭似的說。

「人事部門忘記你的存在了。」井口笑著說。

「算了，我就一直待在福岡好了。我覺得福岡最好。」

「因爲福岡是你第一個報到的地方，所以你會覺得比較特別。還有，你又沒有去過埼玉，怎麼知道那裡不好呢？」井口又說：「及川，歡迎妳隨時回來玩。回來這裡的時候，就住我們家好了。」

聽到她說「回來」這兩個字，我的心裡很受用，一方面覺得很高興，一方面又有點悲傷，因爲眞的要離開衷心喜歡的福岡了。還有，沒有小太在身邊的我，或許會常常獨自飲泣吧？

「如果能調動到札幌也不錯，那裡的東西很好吃。」小太說。

「那好，下次我們在札幌見面吧！」

就這樣，我們說再見了。要上飛機的那一瞬間，我雖然沒有留戀地跨出步伐，但是心裡其實是有點痛的。

再次見到小太是幾年以後的事了，地點不是札幌，而是東京。人事部門不知道是怎麼想小太的，把小太轉調到東京。小太是一個人到東京就職的。井口的媽媽因爲腦溢血的關係發病，病後需要人照顧，所以她便帶著女兒瑠香一起住在娘家。

小太到東京大約兩個月左右的時候，我們相約在東京分公司附近的小酒吧喝酒。

「好久不見了。」

小太看著我的臉說。我也看著小太，覺得他好像更胖了。我還沒有問他怎麼又胖了，他就苦笑著解釋說：

「福岡的食物很好吃，可是東京有更多好吃的東西。」

接著，我們就決定去小太從福岡來到東京後，很快就開發出來的美味串燒店，痛痛快快地吃了一頓，然後再去附近地下街的酒吧喝酒。

「你覺得東京怎樣？」

「沒有營業車很不方便，沒有代步的交通工具就跑不遠。而且東京的分公司這邊不能午睡。」

「埼玉的營業所有配營業用車，但是那裡的吸菸室很小。」

「這些都不是重點，重要的是同事間的相處。雖然到分發的地點時，最初會因爲對那個地方陌生，而感到困擾與不安，可是後來總能混到和女同事之間可以無話不談的地步。可是，我這個年紀才被派遣來東京，大家對我都很客氣，不止女同事對我客氣，連營業員們也一樣。」

「了解。這種情況下如果迷路了，就回不了家了。因爲不好意思問同事，怕在後輩面前抬不起頭。」

「沒錯。現在的東京和我們學生時代不一樣了，突然覺得自己好像什麼都不會了。」

「不會啦，我覺得小太的話，一定很快就可以習慣東京的。」

「還有，這裡也沒有人會叫我小太。」

「那你一定覺得很寂寞吧？」

「還是妳比較好，副島兄和夏目姐都在埼玉。」

「可是埼玉的營業所很大，我也很難見到他們，所以大家已經不能像以前那樣在一起玩了。」

「唉！我們老了嗎？」

「對了，小太，你的海洋獨木舟呢？」

「因爲東京灣沒有辦法玩海洋獨木舟，所以就放在福岡，沒有帶來這裡。」

我們的談話內容，和一般三十幾歲的上班族在小酒吧裡的談話沒有什麼兩樣。

小太從廁所回來的時候，我把百圓打火機塞進香菸盒子裡，表示「要回去了吧？」但是，小太卻從自己的香菸盒子裡拿出一支菸，並向店裡的人要了一杯檸檬酒。因爲離最後一班電車還有些時間，所以我也要了一杯相同的酒。

小太突然壓低聲音說：

「及川，妳有祕密嗎？」

「什麼祕密？」

「就是連家人或情人都不想讓他們知道的事。」

我不禁想：小太是因爲今天想對我說祕密，所以才約我出來的嗎？他告訴我他的祕密做什麼呢？我並不特別想知道。不過，如果他一定要告訴我，那我只好姑且聽一聽吧！我的態度是很輕鬆的。

「這個嘛……，也不能說沒有。不想被別人看到的東西，也算得上是祕密吧？」

「妳也有那樣的祕密嗎？太好了。」

我的回答好像讓小太很高興的樣子。

「性感內衣就是祕密，因爲不想讓人看到。」

「是嗎？那是想讓人看的東西吧？不算是祕密。」

「可是不想讓你看呀！」

我這樣開著玩笑，但是小太卻不像平常那樣地隨我玩笑話起舞。他壓低了聲音，說：

「我認爲最不想讓人看到的是ＨＤＤ。」

「ＨＤＤ？」

「電腦的硬碟（Computer hard discs）。」

「啊！對，我的硬碟的內容也不能隨便讓人看。」

「那東西確實是祕密的東西吧？可是，如果我們死了怎麼辦？」

「對，死了就有可能會被人看到。」

我們彼此都沒有說出眞正的祕密是什麼，只是互相猜測對方的想法般地交談著。

「我們做個約定。」小太挺起胸膛，然後繼續往下說：「後死的人要幫忙先死的人，徹底破壞掉先死的那個人的ＨＤＤ。」

「怎麼破壞？得破壞整台電腦一樣地破壞嗎？用鐵錘敲壞嗎？」

「啊，原來妳什麼也不懂。在電腦裡面的ＨＤＤ，是像便當盒一樣大小的機器，可以讀取磁片或ＣＤ。」

「不是把資料丟進電腦裡的垃圾箱就行了嗎？」

「還是會留下來的。官方的人員還是可以把資料找回來的。」

官方的人員？

「那麼，你的意思是：只要有人想看，還是可以把丟到電腦垃圾桶裡的資料再度復原嗎？」

「我一直很懷疑業者所使用的軟體，是否眞的能夠完全消除硬碟裡的資料，因此我認爲要消除資料的最好方法，就是用物理性的破壞方式。」

「什麼是物理性的破壞方式？」

「把便當盒裡的磁碟機弄出來，讓磁碟機受損。我認爲這是最絕對的破壞方法，可以讓電腦陷入完全無法操作的情況。」

「裡面的資料能夠全部消失嗎？」

「能吧！我希望能讓便當盒接近眞空的狀態。」

「眞空？眞的能眞空嗎？」

「所以我說的是『接近眞空』。我知道任何事情都沒有辦法那麼完美的。不過，一旦打開了密閉的盒子，空氣就會跑進去吧？那時會發出『咻——』的聲音？還是『啪——』的聲音呢？」

「你是說空氣進入眞空狀態中的聲音嗎？」

我想像不出那種情況的實際畫面。

「可是，那盒子不是被密閉在主機裡嗎？要怎麼去打開呢？」

「用星形的螺絲起子去打開呀！」

我還是不明白。

「爲什麼要用那種東西？」

「因爲主機上的螺絲不是十字形螺絲頭的螺絲，也不是一字形螺絲頭的螺絲，而是星形螺絲頭的螺絲。」

「我沒有看過那種東西。」

「喂，妳到底要不要答應這個約定？不要再扯題外話了！」

「好啦，好啦。不過，我也有不能讓小太看到的東西呀。」

「所以我們才要事先約定好。如果是珠惠的話，她一定會想看電腦裡的所有內容；這是我知道的。不知道妳現在有沒有男朋友，如果有的話，他一定也會看你電腦裡的資料的。因爲跟我們是那樣的關係，所以什麼都想知道。可是你我的話就不一樣了，我覺得如果我們約定好了，說好不看對方的祕密，就可以眞的不看的。」

「沒錯，我才不想看小太你收集來的變態色情照片。」

「還有影片。」

「啊哈哈。」

「總之，我們就這麼說定了，不管誰先死了，活著的那個人都不能去看對方硬碟裡的資料。」

「知道了。那麼，我們交換鑰匙吧！如果對方眞的死了，就拿著對方住處的鑰匙進入他的房子裡，弄壞他的個人電腦。」

因爲我目前沒有男朋友，就算讓小太私自進入我住的地方，應該也沒有什麼關係吧！

「喂，那麼我們的約定就這樣成立了。我會送星形的螺絲起子給妳的。」

一個星期以後，我果然收到小太利用公司的送貨系統，送來了星形的螺絲起子。我在營業車裡打開小太送來的紙袋子，裡面有個不鏽鋼的小盒子，盒子裡面有七支尺寸不同，比我想像的更細一點的螺絲起子。紙袋子裡還有醫生動手術時使用的薄塑膠手套。小太準備得眞周到，連偷偷潛入別人家中，而不會留下指紋的道具，都幫我準備好了。我們在福岡上班的時代，小太的營業車裡就有很多工具和零件，連塡隙槍都有，那時的課長還曾經因此開玩笑地問小太：「你是工匠嗎？」我忍不住想起身軀龐大的小太只脫掉西裝外套，一邊不清不楚地對客戶解釋著原因，一邊汗流浹背地調整廚房的鉸鏈，或用塡隙槍塡補洗臉檯縫隙的模樣。

這回他寄來給我的手套不是爲了去現場幫忙施工而買的，也不是爲了動什麼手術而買的，是爲了幾近犯罪的行爲而買的手套。公司的信封裡沒有任何信件或留言紙之類的東西，只有小太住處的鑰匙，和一張ZENRIN的住宅地圖的影印。地圖上以簽字筆圈出來的，就是他所住的「日光五反田」住宅大樓，還寫著「二〇二號」。簡單明瞭的交代，完全符合不留下多餘痕跡，以免節外生枝的原則。

我拿著星形的螺絲起子，仔細地端詳著。除了尖端的形狀外，和一般的螺絲起子沒有什麼兩樣。

不過——。

就是這樣的一支起子，就可以消除我的所有紀錄。

我想像那個善良的小太在沒有人發現的情況下，悄悄地潛入我的住家，用這樣的螺絲起子，打開我的筆記型電腦，破壞裡面的HDD的情形。

雖然覺得把鑰匙交給不是男朋友也不是情人的小太，是有點奇怪的事，但是我還是去了專門修鞋與配鑰匙的MISTER MINIT，複製了一把住處的鑰匙，連同影印好的我這裡的ZENRIN住宅地圖，寄給小太。我心想：是不是以後每次工作地點調動後，就要寄一次新居的鑰匙和地圖給小太呢？不過，我相信這個時候我們心裡的想法都是：除非眞的發生了那樣的事情，否則我們都不會用到對方住處的鑰匙。

不知道爲什麼，那個時候我總覺得自己會比小太早死。就像「絕對沒有無法收拾的現場」一樣，這天底下也絕對沒有不死之人，我只是覺得自己的這個現場會比小太的現場早日竣工而已。這是我的直覺。如果不是發生了那樣的意外，我認爲我的直覺不會出錯。因爲小太對「現場會發生事情」這種事一點警覺性也沒有，所以我總是會開玩笑似的對他說：「因爲漏水而造成死亡的失誤，並非不存在。」

和小太在東京的酒館裡喝酒那天之後，一直到小太突然死掉，我都沒有再見到小太。

小太死得非常突然。常常被大家提醒要注意成人病，或心臟和肺癌的他，一定和我們一樣，完全沒有想到會發生那樣的事情。那天他要去上班時，住處的大樓那裡有人從七樓掉下來了。他是被跳樓自殺的人連累到，而突然死亡的。好像是從上面掉下來的那個人撞到了下面的小太，小太因此整個人往後仰，頭撞到地上，於是當場就死了。不知道撞到小太的那個人現在是不是還活著？或者那個人也受了重傷？關於這一點，井口什麼也沒有說。

東京分公司的總務人員打電話來時，是副島兄接的。接聽了電話之後，他去部長那裡，和部長小聲說話之後，就走到我旁邊，對我說：我們去抽支菸吧！於是我和他去吸菸室，當吸菸室裡只剩下我們兩個人的時候，他才告訴我：小太死了。我目不轉睛地看著副島，緊抿著嘴不說話。我根本無法相信那樣的事情，希望他可以很快的告訴我，他只是在開玩笑。

「爲什麼會那樣呢？」副島吐了一個大菸圈說：「他應該像彈簧墊一樣，把掉下來的人彈回去才對呀！」

聽到這些話，我就哭了，這是我第一次在公司裡掉眼淚。以前不論發生什麼令人懊惱、不甘心的事，我也不曾掉過一滴眼淚，但是那時我卻忍不住地放聲哭了。副島隔著桌子拍拍我的肩膀，說：

「我會打電話給井口的。我們一起去福岡吧！」

我擦乾眼淚，帶著還不平靜的心情回到座位，這時才眞正意識到到底發生了什麼事情，並且馬上想到小太寄給我的住處的鑰匙和星形螺絲起子。那些東西仍然好好地擺在印著公司名號的袋子裡，我把它們收藏在公司的私人櫃子裡。

我在白板上寫下「去所澤現場、開拓川越新規」的字樣後，就離開公司。平常我也會在上班時間離開公司，跑到不容易被發現的公園或運動場旁邊睡午覺，或去大宮商場買東西。可是，這次我並不是去做那些事情。其實只要帶著手機，不管去哪裡都不怕公司突然找我，但爲了怕萬一臨時有什麼事情，所以我還是在白板上留下最不會被懷疑的出公差地點，才離開公司。上車後，我立刻把地圖拿出來確認。上首都高速公路後，從五號公路轉到環狀公路，再換到二號公路，就可以到達五反田地區。我覺得情緒亢奮，全身的皮膚好像繃緊了一般，肚子裡好像有一股難以言喻的強勁力量，在腹部一帶翻滾、沸騰。開著車的時候，我不斷說著「放心，沒有事的。」我不知道這句話是說給我自己聽的，還是在對小太說的。

把車子停放在停車場，走沒有多少路，很快就看到「日光五反田」住宅大樓了。來到「二〇二號」房門前時，我稍微左右張望了一下，才戴上塑膠手套，然後像罪犯要準備作案一般，拿出鑰匙。當我拿著鑰匙的時候，覺得手好沈重。開門進去以後，我覺得好像進入重新改建裝潢的房子一樣，屋子裡有一股別人家的氣味。

我換上從自己的車上帶來的，去現場時才會穿的拖鞋。走進室內，床上的棉被凌亂，完全是匆匆忙忙出去上班，沒有整理的模樣；地上有幾團從腳上脫下來後，隨手就扔的襪子。不過，這個房間看起來並不算髒亂。我努力不去想小太，叫自己忘記小太已經死了的事實，並且把這個房間想像成是自己工作中的某一個現場。我準備好大大小小的十字螺絲起子和星形螺絲起子，來到電腦桌前坐下。想到自己將要獨力進行一項做了就無法回頭的工作，心跳不禁快速地跳動起來。

切掉電源了，連結電腦螢幕和主機的電線也拔除了。然後我把主機放倒，開始分解的工作。

（就像打開熱水器的蓋子一樣，那是很簡單的事情，妳一定辦得到。）

我好像聽到小太的聲音了。首先要把嵌在主機上的四個腳拆下來。先用一字形的起子鬆開四個地方的螺絲後，主機的蓋子很容易地被我拿起來了。蓋子的裡面不像熱水器的裡面那麼複雜，只有不鏽鋼材質的ＣＤ驅動器和硬碟驅動器──這就是小太所說的便當盒，和一大一小的機板，及一個小風扇。主機裡面原來只有這麼點東西，稀稀疏疏的模樣，讓人覺得有些孤單。「便當盒」的上面貼著「不可碰觸」的黃色警語封條，和商品的條碼。黃綠色的按鈕或拉桿是表示可以拆裝的地方，就在我按了按鈕和拉過拉桿後，「便當盒」意外地被我拉出來了。我有點著急，已經沒有多少時間了，因爲我必須趕快結束這裡的事情，趕回去公司才行。下午五點鐘有一個會議要開，我打算會議開始的時候，若無其事地坐在會議桌的旁邊。我不能告訴副島兄我來這裡的事。

把「便當盒」翻過來看，背面也貼了許多條碼和封條，「便當盒」邊緣的地方有五個地方被螺絲固定著。

不難嘛！

我心裡這麼想著。當我拿著星形螺絲起子，對準口徑，一個個鬆開螺絲時，心裡眞的覺得這件事還滿容易的。可是，螺絲全部鬆開後，蓋子卻沒有因此就可以打開。仔細再看，原來蓋子邊緣的地方還貼著不鏽鋼色的封條。在撕那張封條的時候，戴著塑膠手套的手心出汗了，覺得手腕很悶熱。我一邊心裡想著等一下手上或許會有塑膠手套的討厭氣味，一邊瞇著眼睛，拿著一字形的螺絲起子，對準接縫的地方插入。

空氣進入眞空狀態時，沒有發出任何聲音。沒有發出「咻——」

的聲音，也沒有「啪——」的聲音。

小太胡說八道！

但是，小太已經不在了。他的身體現在或許還躺在某個醫院的地下室裡，但是他的人已經不存在於這個世界上了，就算想罵他，也罵不到了。我的腦子裡突然變得一片空白。「便當盒」的蓋子微微地歪到一邊，只出現一點點的隙縫，卻怎麼樣也打不開。我把螺絲起子伸入隙縫裡東撬西撬的時候，腦子裡浮現一件事情。

這是小太的棺木。

把棺木撬開的話，就會傷害到已經死了的小太。

但是，我已經被某種使命感附身了，所以仍然沒有猶豫地動手了。在知道無法用一字形的起子撬開不鏽鋼的蓋子後，我又好不容易地撕下印著「FRAGILE」這個字的封條，這才發現原來這個「便當盒」上面還有隱藏性的螺絲。那張封條的下面，有兩個地方有螺絲。取下那兩個星形的螺絲後，「便當盒」終於被我打開了。

盒子裡面有一個像鏡子一樣的圓盤。那圓盤靜靜地躺著，發出銳利刺眼的反射光芒。

這就是死亡。

我這麼想。像要拒絕所有的一切般，發出讓人暈眩的刺眼光芒。

我看著圓盤一會兒，然後拿起一字形的起子，從圓盤的中心劃向圓周，開始破壞起圓盤。

消失了。這樣就讓一切都消失了。

實踐了約定的安心感，遠遠地強過做這件事情的罪惡感。我看到映在圓盤上的自己的臉，那是一張快要哭出來的臉。我想：小太一定不想看到我這種表情吧！所以還是想點什麼有趣的事情，笑一笑吧！對，就想想小太最糗的事情吧！那是一件和人事調動有關的可笑事情。

那時小太還在福岡工作。有一天半夜裡，他擅自開啓了所長的桌子——因爲他有很多文件需要蓋章，所以去找需要的印章——。在所長的抽屜裡東翻西找的結果，竟然讓他看到了某件人事調動的資料。於是他立刻從公司打電話給我。

「喂，大新聞。」

「什麼事？這麼晚了還打電話！」

「我們同一期有一個叫夏目的女生吧？她也要被調去埼玉。我看到所長抽屜裡的文件了。」

我可以想像小太說這些話時的得意模樣。他一定是坐在所長的椅子上，手肘靠著椅子的扶手，並且伸長了腿，傲慢地身體往後靠。

「夏目一年前就來埼玉了。」

聽到小太「什麼」地叫出聲來後，我就開始狂笑起來。小太的大新聞，其實已經是去年的事了。

但是，就算想到了這麼可笑的事情，現在的我實在笑不出來。我的眼淚掉在圓盤上，手上的起子仍然不停地刮著圓盤的表面。

（最重要的問題是恢復原狀。）

把七隻螺絲正確地鎖回原位，再將封條的紙屑放進口袋裡，然後把主機重新組合好，再把電腦螢幕接上線，打開電源。

作業系統停擺了。

黑色的螢幕的左上，出現兩行白色的文字。

Invalid Boot Diskette

Insert Boot Diskeet in A:

我想這就是「結束」的意思了。

恢復電腦外觀的模樣，再度環視著四周時，我已經不再掉眼淚了。就像再也看不到小太一樣，我知道我也不會再看到這台電腦了。我盡量不發出聲音地走到房間外面，並把門鎖上，脫下塑膠手套，把手套丟進公事包裡。幸好井口和公司的人都還沒有來這裡。我的額頭和腋下因爲汗水和迎面吹來的寒風，而覺得特別涼。回到營業車上後，我一邊發動引擎，一邊想著：要怎麼處理這支鑰匙呢？離開小太住的地方足夠遠了以後，我去了便利商店，並且借用了那裡的廁所，然後打開馬桶的水箱蓋，把那支鑰匙沈入水箱中。

因爲我死也不會說出那間便利商店的位置，所以只要那個水箱沒有替換裡面的零件，就不會有人發現那支鑰匙，那支鑰匙也會一直在那裡。那個水箱的型號就是曾經讓小太傷透腦筋，搭配那個日式的馬桶BBT-1480。

小太的喪禮結束大約三個星期後，也就是十一月底左右，我才和副島兄去了福岡。之前因爲有展示會，公司裡有處理不完的事務，所以我們兩個人都很難挪出時間來一起去福岡；而接下來的十二月則是因爲有許多現場必須在年內完工，到時連星期六、日都必須去現場了解狀況，也是走不開的，因此只能挑在那個時間去福岡。

「及川，我們有幾年沒有一起去福岡了呢？」

從機場轉搭地下鐵時，副島兄帶著緬懷過去的表情問我。但是才說完這句話，他馬上喊道：

「咦？什麼時候多了這條地下鐵？我怎麼都不知道！」

看到「七隈線開通」的海報時，他大聲地這麼喊著。

「那是因爲我們不會去CANALCITY那個地區，所以不知道。」

「我知道那裡的。我去過三次。」

副島噘著嘴巴說。

「怎麼？你有女朋友在福岡嗎？」

我開玩笑地說，但是副島的臉卻立刻紅了，隔了一會兒後，才說：

「已經分手了。」

他小聲地說著。看到他一副被欺負的樣子，我忍不住笑了。副島一向對我特別照顧，所以看到他這個樣子，我也不好再嘲弄下去。

井口的娘家在宗像市，那裡是一個閑靜的住宅區。我們和井口的母親，及已經讀小學的瑠香打過招呼後，就進入佛堂坐下。小太的照片和井口的父親的照片並掛在佛堂裡。照片裡的小太很好看，好像正在開什麼玩笑似的，一副快要笑出來的樣子。但是不知道爲什麼，我就是無法直視在牌位旁邊的小太的照片。我雙手合十，低著頭在心裡對小太說：我已經完成我們的約定了。然後，我抬頭看副島。副島雙手緊緊交握在一起，好像要用全身的力量來防堵眼淚從眼眶溢出來。

「太遺憾了。」

副島拚命壓低聲音似的說著：

「這麼輕易就沒有了……。實在太遺憾了。他自己一定也覺得很遺憾吧！爲什麼會那麼不小心呢？實在是……」

笨蛋！我很想對副島這麼說，但是正好井口送茶進來，副島也把到嘴邊的話呑進肚子裡。

我們是因爲擔心井口，所以特地來福岡探望她的。但是她顯得很沈著，好像早就已經接受小太已經死了的事實。

「妳好像有點瘦了？」

我問。但是井口卻笑著回答我：「一點也沒有瘦。」還說：

「那一陣子我必須來回東京，又必須照顧家裡生病的媽媽，眞的是非常忙。可是，正因爲知道自己會很勞累，所以就告訴自己要好好的吃東西，所以並沒有瘦下來，反而好像還有點胖了。眞是討厭！」

「也替他胖吧！」

副島恢復平常的語氣說著。

晚飯的時候，我們喝了懷念已久的福岡地方的本地酒「寒北斗」，也吃了生魚片。和瑠香玩著猜謎遊戲的副島和平常不一樣地，很快就喝醉了。

我洗完澡，從浴室出來時，發現好像大家都已經睡了。不過，當我坐在餐桌前時，井口拿著啤酒過來，我們以啤酒乾杯，希望今天不要以感傷的心情入睡。井口突然說：「等一下。」然後跑上二樓。當她再回到餐桌前時，手裡拿著一本大學生用的筆記簿，並且對我說：

「及川，妳看看這個吧！」

她把那本筆記簿遞到我面前。我心想：如果這是日記本，那就不太好了。我心裡雖然想著是不是應該拒絕比較好，但手已經翻動了好幾頁。這本筆記簿上有小太用鉛筆胡亂寫的一些東西。令人懷念的塗鴉般的字跡。

「珠惠呀！
妳是盛開的麗春花，
總是散發出閃亮的光芒，
讓我想擁抱妳！」

這是什麼呀！

「黃昏的時候我想起妳，
夕陽要往九州下沈了。
珠惠，珠惠，珠惠。
雖然黑夜來臨，妳也不要覺得寂寞，
因爲我的心屬於妳。」

這個胖子！還是小學生嗎？我很想這樣叫出來。
「寫得很好吧？」
井口一邊笑一邊說，所以我也跟著笑了出來。
「這個本子裡寫的都是詩吧？」
「嗯，全部都是詩。」

「我可以再看幾頁嗎？」

「可以呀！不過，我不知道他本人同意不同意給妳看呢。」

這句話不用說了吧！這麼糟糕的詩，寫了也不想給人看吧？

啊，對了！小太的電腦裡，是不是也滿滿地輸入了這樣的文字呢？我那樣冒著冷汗，流著眼淚，不顧危險地去破壞的電腦裡面，難道也是這樣的東西？眞是傷腦筋呀！

眞是傷腦筋呀！這就是我的感想。如果是的話，那個笨蛋竟然還留著這樣的筆記簿在家裡，那麼我所做的事，不就等於白費力氣嗎？

「我在海上等待，

等待乘著小船來的妳。

我是大船，

妳什麼也不必害怕。」

眞的是大船嗎？

不過，「在海上等待」這個句子，很奇妙地深深留在我的腦海裡了。我當然並不認爲小太在寫這樣的詩句時，已經預感到自己的死亡了。

「及川，這個……妳認爲要怎麼處理才好？」

一向很有自信的井口，沒有自信地說著。或許她也在煩惱這種東西該不該給人看。

「不是應該好好地收藏起來嗎？」

我毫不猶豫地說。

「是呀！」

因爲小太眞的很喜歡井口呀！我很想這麼說，但是覺得現在說這種話顯得很做作，所以並沒有說出口。不過，井口好像讀出我的心情了般，她再度說：

「是呀！」

她說這句話的瞬間，我覺得她的眼眶中好像已經含著眼淚了。果然，我聽到輕輕吸著鼻子的聲音。

「一次就把他所有的東西都帶回來了。可是光是整理那些東西，就把人給累壞了。說到整理東西這件事，如果是活著的人自己整理的話，馬上就可以決定什麼是要丟掉的東西，但是，幫忙整理別人東西的時候，就不知道什麼東西可以丟，什麼東西不能丟，最後只好統統收到儲藏室。」

「是嗎？」

「他的電腦壞掉了。原本想說他的電腦或許有什麼重要的資料，所以便想試著打開來看一看，誰知道電腦壞掉了，怎麼弄都開啓不了裡面的資料匣。大概是在搬運的過程中弄壞的吧！」

不愧是做過事務工作很久的人，井口非常熟悉地運用「搬運的過程中」這樣的字眼。不過，聽到她提起電腦的事情時，我覺得好像有一小粒一小粒的冰珠，滑過我的背部。

「啊，精密機器總是那樣……。找人看過那個電腦了嗎？」

「已經讓弟弟看過了，他是資深電腦工程師。他說那個電腦已經徹底不行，修理不好的，所以處理那個電腦的唯一方法，就是早點丟掉它。」

丟掉？那不是很好嗎？讓弟弟看到那麼笨拙的詩句，一定會很難爲情的。我心裡這麼想著，卻不能說出口。

那個電腦——那個我冒險去破壞的NEC的電腦主機，已經成爲小太的陪葬品了。可是，即使如此，我還是無法打從心底感到放心。因爲井口也有可能突然想到：電腦會不會是被人故意破壞的？

這個晚上我睡得很不好，破壞那張銀色圓盤時，起子刮過圓盤表面的刺耳聲音，好像在我的耳朵裡復甦了。我想：實踐了和小太的那個約定，眞的是正確的事情嗎？

回到埼玉後，我仍然過著一成不變的生活，每天忙於去現場賠不是，與客戶談判、計算出不能賠錢的估價單，或和副島兄去吸菸室聊八卦。

一陣子之後，我又收到了調動的派令。因爲這是第二次的調動，我已經有過經驗，所以早早就買了濱松的地圖來看，並且請那邊負責總務的女職員幫忙找一間光線良好的單人住所。另外，埼玉這邊的工作我也做一番了結，除了整理出要交接的項目，處理好長期有糾紛的現場，還把自己周遭的事情清理完畢。同事們和特約店的客戶也在我要離開前，爲我辦了送別會。

送別會的時候，我總是會這麼想：

或許這是最後一次和這群人一起喝酒。

說不定半年後又會有人事調動，有什麼人會被調來這裡。總之，這種公司內的調動是沒有規則性的，沒有人知道自己不久之後會被調到哪裡。或許一個地方只待一年，也或許一個地方一待就待了十年。

不過，我認為正因為這樣的調動，所以這是一個活的組織。

這樣說或許對不起為我惜別的客戶，但是，他們雖然因為我的調動而震驚，卻並不會因此而憂鬱、難過。這是事實。這樣的調動不過是像去了住在目黑的朋友家，並不是什麼大不了的事情。

＊　＊　＊

小太好像察覺到我正在思索要不要說一樣，便張開嘴巴主動說：

「嘖！忘了家裡還有一本筆記簿，眞、是太愚蠢了。」

小太說著，便笑了，笑中還夾著打嗝的聲音。

「不過，對我而言那是已經過去的事情了。」

我沒有說「小太，你已經死了」這樣的話，但是他自己好像有那樣的自覺。

「及川，妳也要多注意一下較好。妳的ＨＤＤ內容被發現的話，恐怕也會讓妳、很難堪唷！」

「怎麼？你知道了嗎？」

「早就知道了。」小太說，然後嘆了一口氣。「妳的『觀察日記』呀！被人看到那種東西的話，會很難爲情吧？」

「嗯。」

雖然說他是幽靈，但是被他這麼一說，我還眞的打從心底感到難爲情。我有偷窺住在對面大樓公寓的男人的習慣，並且把偷窺到的內容記錄下來，我稱之爲「觀察日記」。

當然，我認爲對方並沒有發現我的行爲。那個男人沒有關窗簾的習慣，夏天的時候，他經常只穿著一條內褲在室內走來走去。他的內褲顏色有時是黃綠色的，有時候是粉紅色的，但都是比基尼式的。我買了拉近距離效果良好的數位相機，將那個男人的樣子拍下來，並且做了註解，保存下來；我還試著把他的行動拍成影片，但是拍得並不好。當知道將要調到別的地方時，這種偷窺的興趣反而有升高的傾向。

「只是偷窺，那還好；裝竊聽器的話，就不好了。」

小太什麼都知道了。

「因為覺得如果面對面說話的話，會覺得對方是一個很無趣的男人。」

我趕快辯解地說。

「嗯，或許、就像妳說的吧！」

幸好小太沒有繼續討論這件事情，讓我鬆了一口氣。

「妳今天不上班嗎？」

「嗯，我現在是半休假的狀況，所以沒有關係的。」

「是嗎？」小太靠牆盤腿坐在地板上說著。現在的小太有今天是星期幾這種日子的感覺嗎？我覺得有些不可思議。

「我會一直是、這樣的嗎？」

小太突然說話了，四周的聲音好像也因此全消失了。我的腦子裡掠過「這個空間變成眞空了」的想法。

「你自己不知道嗎？」

「我、不知道……」

「死了以後，你對死的感覺是什麼？」

「要怎麼說呢？就是那樣嘛！」

「你說的那樣，是『哪樣』？」

「別開玩笑。我是、說正經的。」

「抱歉，抱歉。請你正經的說吧！」

「去看牙醫，在候診室、裡等待的時候，我覺得我總是很怕、被叫到名字。可是，是我自己去預約看牙醫的呀！有時我還、會想：我眞的來預約了嗎？沒辦法，在候診室的時候總是會那樣。」

小太像平常一樣地彎起手肘，準備支著自己的下巴。但是這個動作只做了一半就停止了，因爲他的眼前沒有可以支撐手肘的桌子。

「我完全不懂你的比喻。」

「我自己也不、懂。就像當我突然知道、妳的祕密，卻不知道珠惠的事、情時，我也不知道怎麼辦才好。」

「只好等到自己遇到了，才會知道吧！」

眞的是不自己遇到，就不會明白的事。

「對了，對不起。我忘了把烤肉時的照片給妳了。」

「什麼時候的烤肉照片？」

「在宗像市的、鐘崎海水浴場烤肉的時候。妳、忘了嗎？」

「我記得。不過，沒有關係啦。」

「我有加洗照片的。一直想拿給、妳，卻總是忘記了。對不起。我想、珠惠以後會拿給妳的。」

小太式的道歉方式一直讓我很懷念。現在，這種懷念的情緒更加深刻得讓我覺得不能忍受了。怎麼辦呢？看來最後我還是得去找井口，尋找這個情緒的出口。

因爲死者最後都會回到遺族的身邊，不是嗎？

這樣的想法掠過我的腦際。但也就是掠過而已，並不是什麼深刻的想法。

「我想到一件有趣的事。那是發生在你的現場的事情。」

「哪一件事？」

「跳起來的天窗那件事。」

「啊，記得記得。那時『砰』一聲，整個天窗的窗戶就掉出來了，結果所有的人都濕了。」

小太哈哈哈地笑了。然後接著說：

「眞的是愚蠢的一生呀！」

「我們能成爲同期生，是很不可思議的緣分呢！」

「嗯。」

「不管什麼時候見到你，我都覺得很開心。」

「我也覺得很開心。」

可是，那個「不管什麼時候」現在只侷限於是過去的時候，不屬於未來的時候的範圍了。我的喉嚨好像被什麼東西堵住了，好像小時候不小心吃到彈珠之類的東西，喉嚨被堵住的感覺。

「我們在一起的時候總是這麼開心，卻沒有發展成情侶的關係，這也是很不可思議的事情。」

「我們不可能成爲情侶的，因爲我們太清楚彼此的糗事。」

可是，同樣的情況下，夏目和石川不是也成爲情侶了嗎？我雖然想到這件事，卻沒有說出口。即使對方已經死了，祕密還是祕密。即使是死了，同期生也還是同期生。

「啊，冷靜想想，妳現在的年紀也不小了，可是，我們認識的時候，妳才剛從大學畢業。」

「覺得我好像什麼也沒有改變嗎？」

小太很滿意似的點點頭。

我注意到他已經不再打嗝了。存在於我們之間的影像，是那一天福岡的景色。我們被上司叫去買上班用的公事包，默默地站在天神CORE商場裡，內心盡是隱藏不住的不安情緒。那就是我們的原點。今後有沒有人了解這樣的原點，並不重要。

「小太。」

「什麼事？」

「你怎麼死了以後，還是胖呢？」

「妳這個人眞的很奇怪耶！」

小太說著，笑了出來。

2009年
請繼續期待絲山秋子

尼特族【6月出版】

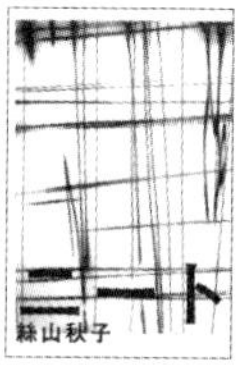

（書封製作中）

海仙人【10月出版】

（書封製作中）

國家圖書館出版品預行編目資料

在海上等你／絲山秋子著；郭清華譯
.——初版——大田98.02
面；公分.——（日文系；027）

ISBN 978-986-179-117-3（平裝）

861.57　　　97025205

日文系 027

在海上等你

作者：絲山秋子
譯者：郭清華

發行人：吳怡芬
出版者：大田出版有限公司
台北市106羅斯福路二段95號4樓之3
E-mail:titan3@ms22.hinet.net
http://www.titan3.com.tw
編輯部專線（02）23696315
傳真（02）23691275
【如果您對本書或本出版公司有任何意見，歡迎來電】
行政院新聞局版台業字第397號
法律顧問：甘龍強律師

總編輯：莊培園
主編：蔡鳳儀　編輯：蔡曉玲
企劃行銷：蔡雨蓁　網路行銷：陳詩韻
封面設計：永真急制
內頁設計：陳俊雄
校對：蘇淑惠／謝惠鈴
承製：知己圖書股份有限公司・04-23581803
初版：2009年（民98）二月二十八日
定價：新台幣 200 元

總經銷：知己圖書股份有限公司
（台北公司）台北市106羅斯福路二段95號4樓之3
電話：（02）23672044・23672047・傳眞：（02）23635741
郵政劃撥：15060393
（台中公司）台中市407工業30路1號
電話：（04）23595819・傳眞：（04）23595493

國際書碼：ISBN 978-986-179-117-3 / CIP: 861.57 / 97025205
Printed in Taiwan

OKI DE MATSU by ITOYAMA AKiko

Originally published in Japan by Bungei Shunju Ltd.
Chinese(in complex character only) translation rights arranged with
ITOYAMA Akiko, Japan through THE SAKAI AGENCY and BARDON-CHINESE MEDIA AGENCY.

廣	告	回	郵

北區郵政管理局登
記證北台字1764號

免	貼	郵	票

To：大田出版有限公司　編輯部收
地址：台北市 106 羅斯福路二段 95 號 4 樓之 3
電話：(02) 23696315-6　傳真：(02) 23691275
E-mail：titan3@ms22.hinet.net

＊請沿虛線剪下，對摺裝訂寄回，謝謝！

From：地址：..

姓名：..

大田日文系　品味無界　本格日系

i JAPAN

請和我們一同閱讀日文系，
感受日本作家們的故事創意力與動人力量。

大田出版的會員討論區與大田部落格，歡迎大家來拜訪，
並誠摯邀請你參與各項討論與活動。

請在回函卡背後留下你的姓名、E-mail和聯絡地址，
並寄回大田出版社，你將有機會獲得精美小禮物！

大田出版會員討論區：discuz.titan3.com.tw/index.php
大田部落格：blog.pixnet.net/titan3

＊請沿虛線剪下，對摺裝訂寄回，謝謝！

閱讀是享樂的原貌，閱讀是隨時隨地可以展開的精神冒險。

因爲你發現了這本書，所以你閱讀了。我們相信你，肯定有許多想法、感受！

讀 者 回 函

你可能是各種年齡、各種職業、各種學校、各種收入的代表，

這些社會身分雖然不重要，但是，我們希望在下一本書中也能找到你。

名字／＿＿＿＿＿＿ 性別／□女 □男 出生／＿＿年＿＿月＿＿日

教育程度／＿＿＿＿＿＿

職業：□ 學生 □ 教師 □ 內勤職員 □ 家庭主婦

□ SOHO族 □ 企業主管 □ 服務業 □ 製造業

□ 醫藥護理 □ 軍警 □ 資訊業 □ 銷售業務

□ 其他 ＿＿＿＿＿＿

E-mail/＿＿＿＿＿＿ 電話/＿＿＿＿＿＿

聯絡地址:＿＿＿＿＿＿

你如何發現這本書的？ 書名：在海上等你

□書店閒逛時＿＿＿＿書店 □不小心在網路書站看到（哪一家網路書店？）＿＿＿＿

□朋友的男朋友（女朋友）灑狗血推薦 □大田電子報或網站

□部落格版主推薦＿＿＿＿＿＿

□其他各種可能，是編輯沒想到的＿＿＿＿＿＿

你或許常常愛上新的咖啡廣告、新的偶像明星、新的衣服、新的香水……

但是，你怎麼愛上一本新書的？

□我覺得還滿便宜的啦！ □我被內容感動 □我對本書作者的作品有蒐集癖

□我最喜歡有贈品的書 □老實講「貴出版社」的整體包裝還滿合我意的 □以上皆非

□可能還有其他說法，請告訴我們你的說法

＿＿＿＿＿＿

你一定有不同凡響的閱讀嗜好，請告訴我們：

□ 哲學 □ 心理學 □ 宗教 □ 自然生態 □ 流行趨勢 □ 醫療保健

□ 財經企管 □ 史地 □ 傳記 □ 文學 □ 散文 □ 原住民

□ 小說 □ 親子叢書 □ 休閒旅遊 □ 其他＿＿＿＿＿＿

一切的對談，都希望能夠彼此了解，

非常希望你願意將任何意見告訴我們：

大田出版有限公司編輯部 感謝您！